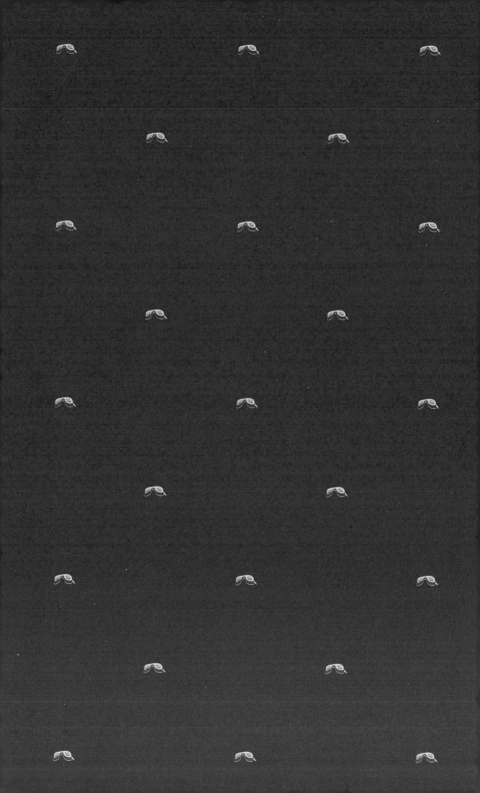

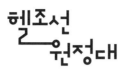

헬조선 원정대

비밀결사 파일럿 권기옥의 궤적

헬조선 원정대, 비밀결사 파일럿 권기옥의 궤적

서해문집 청소년문학 019

초판 1쇄 인쇄 2022년 4월 1일
초판 1쇄 발행 2022년 4월 10일

지은이   김소연
펴낸이   이영선
책임편집   김종훈

편집   이일규 김선정 김문정 김종훈 이민재 김영아 이현정 차소영
디자인   김회량 위수연
독자본부   김일신 정혜영 김연수 김민수 박정래 손미경 김동욱

펴낸곳 서해문집 | 출판등록 1989년 3월 16일 (제406-2005-000047호)
주소 경기도 파주시 광인사길 217 (파주출판도시)
전화 (031)955-7470 | 팩스 (031)955-7469
홈페이지 www.booksea.co.kr | 이메일 shmj21@hanmail.net

서해문집
청소년문학
019

헬조선 원정대

비밀결사 파일럿 권기옥의 궤적

김소연 장편소설

서해문집

차례

불시착의 원인 • 7

치파오를 입은 여자 • 21

대단한 형수님 • 39

키 낮은 양옥집 • 55

인연을 만드는 법 • 81

추억을 기록하는 방법 • 105

필연의 법칙 • 121

인연의 시작점 • 139

기록의 무게 • 175

작가의 말 • 185

불시착의 원인

원정대의 두 대원, 정마린 정노을 오누이가 연구실 안으로 들어섰다.

"박사님! 부르셨어요?"

노을이 쾌활한 목소리로 인사를 건넸다.

원정대 본부장인 마리우스 박사가 대답 없이 손만 들어 알은체했다. 눈은 태블릿 위 허공에 둔 채였다. 기계 위에 둥둥 떠 있는 홀로그램은 복잡한 그래프와 인간 신체 평면도로 가득했다. 박사 옆에 서 있던 레몬티가 마린과 노을을 향해 살짝 고개를 숙였다.

"어서 오세요."

"레몬티, 잘 있었어요?"

마린이 레몬티를 향해 웃었다. 레몬티도 이름처럼 상큼한 미소로 오누이를 맞았다. 레몬티는 원정대 본부 소속 연구원이자 마리우스 박사의 연구를 돕는 조교수였다. 원정대에서 주요 직을 맡고 있지만 레몬티는 마리우스 박사가 직접 설계한 안드로이드였다. 이 로봇은 얼핏 스치면 인간으로 믿을 만큼 정교했다. 마린과 노을도 아주 가끔 레몬티를 사람처럼 대하는 자신을 발견할 때가 있을 정도였다. 레몬티라는 이름 역시 마리우스 박사가 평생을 두고 즐겨 마시는 차 이름에서 따온 것이다. 차가운 기계 집합체에게 온기를 불어넣는 박사의 애정이 느껴졌다.

박사 책상에 가까이 다가선 마린이 궁금한 표정이 되었다.

"혹시 저희 바이털 기록이에요?"

홀로그램 맨 위에 떠 있는 정마린, 정노을이란 단어가 눈에 들어온 모양이었다. 노을도 의아한 눈길로 박사를 쳐다보았다.

"어? 왜요? 누나랑 전 지난주 체력 검사에서 모두 만점을 받았는데요."

박사는 오누이의 연이은 질문에도 아무 대답이 없었다. 홀로그램만 뚫어져라 볼 뿐이었다. 그러다 레몬티에게 짤막한 지시를 내렸다.

"이 연구 결과를 역사복원위원회에 공식 보고하게. 그리고 정선장과 고 항해사의 승선 당시 바이털 분석표를 내 컴퓨터로 보내 놓게."

"예, 알겠습니다."

레몬티가 대답과 함께 연구실을 나갔다.

"박사님, 엄마 아빠 바이털 분석석표는 왜요?"

오누이는 부모의 이름이 나오자 아연 긴장했다. 제3지구 탐사선 호라이즌호의 정대양 선장과 고아라 일등항해사는 마린과 노을의 부모였다. 이들은 프록시마b에 이어 인류의 보금자리가 될 별을 찾아나선 탐사대였다. 마리우스 박사가 탐사대의 수장이었다. 수년간 공들인 야심 찬 프로젝트의 지휘관으로 마린과 노을의 부모가 임명되었다. 정대양은 호라이즌호의 선장으로, 고아라는 일등항해사로 우주선에 올랐다.

인류의 새로운 터전을 찾기 위한 여정은 예기치 못한 복병과 맞닥뜨리면서 한순간에 좌절되었다. 우주선 호라이즌호가 웜홀로 빠져들어 실종된 것이다. 다행히 그 안에 타고 있던 선원들은 무사히 탈출에 성공했다. 선장과 일등항해사만이 끝까지 배를 버리지 않았다. 긴급 탈출선을 타고 프록시마b로 돌아온 선원들은 부모를 마중 나온 오누이 앞에 고개를 떨구었다.

"미안하다, 애들아. 부모님을 모시고 오지 못했어."

그날 이후 오누이는 부모의 이름을 듣는 것만으로 온몸이 굳고 식은땀이 났다. 두 대원의 애끓는 심정을 모를 리 없는 마리우스 박사였다. 하지만 지금은 아이들 눈길 따위는 안중에도 없었다. 컴퓨터 화면만 들여다볼 뿐이었다. 컴퓨터 자판을 두드리는 분주한 손길이 박사의 긴장도와 집중도를 설명해 주는 듯했다. 박사는 우주 탄생의 기원을 수학 공식으로 풀어내려는 수학자처럼 진지했다. 노을은 박사가 아무런 대꾸가 없자 다시 말을 건넸다.

"저, 저기 박사님!"

"잠깐 기다리자."

마린이 손을 들어 동생을 막았다. 마린은 박사가 검토하고 있는 연구 보고서가 엄마 아빠와 관련된 자료라는 걸 직감했다. 마린이 마른침을 삼키며 박사 얼굴과 홀로그램 이미지를 번갈아 바라봤다.

남매에게는 100년처럼 길고 지루한, 생각에 몰두한 박사에게는 눈 깜짝할 시간이 지났다. 드디어 일자로 다물어져 있던 박사의 입술이 달싹였다.

"역시 짐작한 대로군."

박사는 끙, 하는 신음과 함께 턱을 만지작거렸다.

"아! 도대체 뭔데 그러세요? 답답해 미치겠네."

인내심이 다한 노을이 압력밥솥에서 김빠지듯 숨을 토해냈다.

혼자 생각에 골몰하던 박사가 움찔했다. 백일몽을 꾸다 옆 사람 고함에 선잠이 깬 표정이었다.

"어? 자네들 언제 왔나?"

노을이 입을 헤 벌리고 뭐라 대꾸하려는데 박사가 손을 번쩍 들었다.

"지금 그게 중요한 게 아니지. 마침 잘 왔네. 내가 드디어 수수께끼를 풀었어!"

마린이 떨리는 목소리로 물었다.

"수수께끼라뇨? 실종된 호라이즌호의 위치라도 알아내신 거예요?"

박사가 고개를 저었다.

"호라이즌호의 좌표는 아직 오리무중이네."

오누이의 낯빛이 다시 어두워졌다.

박사가 아랑곳하지 않고 말을 이었다.

"수수께끼란 마린 자네의 불시착 원인을 말한 거네."

마린은 헬조선 원정을 위해 타임 슬립을 할 때마다 지정된 시공간 좌표가 아닌 엉뚱한 시간대와 공간으로 이동했다. 그때마다 아슬아슬하게 위기를 모면하고 전화위복처럼 원정 임무에 도움이 되는 인물을 만나기도 했지만 어쨌든 매우 위험한 사고임은 분명했다. 박사와 노을, 그리고 역사복원위원회 위원들도 마린이 제 부모처럼 우주 미아가 될까 봐 염려하고 걱정했다.

마린이 조심스럽게 물었다.

"원인이 뭔데요?"

박사가 기다렸다는 듯 대꾸했다.

"응, 타임 슬립의 오류는 모두 자네 몸에 축적된 방사능 찌꺼기들 때문이었어."

오누이는 동시에 눈을 커다랗게 떴다.

"방사능 찌꺼기요?"

박사의 설명은 이랬다. 마린이 연거푸 엉뚱한 시공간으로 떨어진 반면 노을에겐 한 번도 불시착 오류가 나지 않았다. 그 점에 착안한 박사는 케이스타의 결점과 오작동에만 초점을 맞추었던 원인 분석을 타임머신을 타는 대원들의 상태를 점검하는 쪽으로 방향을 틀었다. 두 대원의 출동 당시의 바이털 현황을 자세히 검토한 끝에 마린이 매번 방사능 방출 시약을 복용하지 않은 채 케이스타에 올랐다는 사실을 밝혀냈다.

"타임 슬립을 할 때 체내 잔류 방사성 물질이 케이스타에서 방출되는 플라스마 에너지와 충돌을 일으켜 시공간 왜곡을 만들어낸 걸세. 난 그 사실도 모르고 1세대 케이스타보다 훨씬 안정적인 자기장 형성과 플라스마 에너지의 일정한 방출을 위해 2세대 케이스타로 진화시킨 거지. 물론 그 덕분에 타임 슬립의 횟수와 과거에 머무를 수 있는 시간을 더 연장할 수 있는 기술을 확보하긴 했지만 말일세."

천재 과학자 마리우스 박사에게 마린의 불시착은 풀리지 않는 난제처럼 골칫거리였다. 입 밖에 꺼낸 적은 없지만, 케이스타를 발명해 낸 과학자로서 여간 자존심이 상하는 일이 아니었다. 동시에 천재 과학자에게 난제란 곧 흥미진진한 도전이기도 했다. 어려운 문제일수록 달려들어 파헤칠 재미가 나고 해결한 후의 성취감도 큰 법이었다. 박사가 중얼거렸다.

"내 자존심이 중요한 게 아니라… 나를 믿고 호라이즌호에 승선한 정대양과 고아라 두 사람에 대한 죄책감이 더 큰 동기였지."

마린은 그동안 자기 몸속에 축적된 방사능 때문에 엉뚱한 시공간으로 떨어졌다는 사실에 실소가 나왔다. 마린이 헛웃음을 짓고 있는데 노을이 누나를 향해 손가락질을 했다.

"내 이럴 줄 알았다니까! 누나 만날 배출 시약 안 먹고 요리조리 뺄 때 알아봤지. 언젠가 그 버릇 때문에 낭패 볼 거라고 했어, 안 했어?"

마린이 잡아먹을 듯 동생을 노려보았다. 노을이 마린의 당황한 모습이 더 재미나는지 깔깔거리다 갑자기 뚝 멈추었다.

"잠깐! 박사님! 그럼 엄마 아빠도 체내 잔류 방사능 때문에…?"

노을의 질문에 박사가 마린에게 태블릿을 넘겼다. 화면 위로 정대양과 고아라의 승선 당시 바이털 기록이 주르륵 떴다.

"너희 부모님 경우도 같아 보여. 2년 전 탐사선이 발사될 때 두 사람 모두 방사능 배출 기한을 넘긴 채 탑승한 걸로 기록되어 있네. 출발 이후에 탐사선 안에서 시약을 복용하고 배출 과정을 이행했다면 문제가 없었겠지만, 가능성은 두 가지네. 배출 시약을 복용하기도 전에 웜홀에 휘말렸던지, 아니면 우주 항해에 집중하느라 시약 복용을 까먹고 있었다던지."

프록시마b 행성으로 이주한 인류는 정기적으로 체내에 축적된 방사능을 배출해야 했다. 프록시마b의 모성이자 항성인 프록시마에서 뿜어져 나오는 방사능이 행성의 지표면까지 닿기 때문이었다.

박사의 설명에 오누이는 혼란에 빠졌다. 엄마 아빠는 이 사실을 까맣게 모르고 있을 것이다. 만약 방사능 찌꺼기를 몸속에 둔 채 웜홀에 빠져 시공간이 왜곡되는 지점에 다다랐다면 도저히 예측할 수 없는 어딘가로 빨려 들어갈 확률이 높았다.

노을이 머리를 세차게 흔들었다.

"아니야! 기차 안에서 내가 봤어! 분명히 엄마 아빠였다고!"

노을은 선명하게 기억했다. 번잡하기 이를 데 없는 3등 객차 안이었다. 노을은 의열단 단원들과 함께 폭탄 운반 작전을 수행하던 중이었다. 승객과 가축이 뒤엉킨 열차 안에서 쩌렁쩌렁 울리는 검표원의 고함이 모두의 눈길을 끌었다. 들어 보니 차표를 잘못 보고 엉뚱한 기차에 탄 승객을 닦아세우는 중이었다. 무심한 눈길을 던지던 노을이 검표원 앞에서 절절매던 두 남녀를 보다가 벌떡 일어섰다. 1분도 안 되는 시간이었지만 검표원을 따라 객차 밖으로 나가는 두 남녀는 분명 엄마 아빠였다.

마린이 안타깝다는 듯 한숨을 내쉬었다.

"확실하지도 않은데 또 그 소리다. 노을아, 기억의 조작이란 말 들어 봤지? 사람은 시간이 지나면 자신이 원하는 대로 과거를 재편집해 기억을 만든다고. 잘 생각해 봐. 아무래도…."

노을이 책상을 내리쳤다.

"한 번만 더 기억의 조작이니 조작의 기억이니 그딴 소리 해 봐. 누나라도 안 봐줘!"

마린이 눈을 홉떴다.

"뭐! 이게 누나한테 까불고 있어! 안 봐주면 어떡할 건데? 어? 네까짓 게 뭘 어떡할 건데!"

불안과 절망에 휩싸인 남매가 서로를 향해 화를 뿜어냈다.

박사가 둘 사이로 끼어들었다.

"노을 대원이 봤다는 그 사람들이 정 대양 부부인지 장담할 수 없어. 하지만 마찬가지로 아니라고 단정 지을 수도 없네. 어쨌든 자네들 부모님의 방사능 축적 농도는 꽤 높은 거로 기록되어 있으니까."

체내에 잔류하는 방사능의 농도가 높으면 높을수록 타임 슬립의 오류가 크게 나타난다는 뜻이었다. 그 말에 노을 얼굴에 한 조각 희망의 빛이 감돌았다. 하지만 마린의 얼굴은 더욱 찡그려졌다.

"박사님, 그 말씀은 뒤집어 보면 엄마 아빠가 영영 찾을 수 없는 시공간으로 이동했을 수도 있다는 뜻이네요."

박사가 머리를 흔들었다.

"아니, 난 그렇게 생각하지 않네. 사실은 어제 말이야…"

박사가 무언가 말을 이으려는데 노을이 마린을 향해 소리를 질렀다.

"누나는 그래서 안 돼. 뭐든 부정적으로 보고 안 되는 쪽으로 결론 내고. 꼭 그렇게 어깃장을 놓아야 속이 시원해? 엄마 아빠가 영영 우주 미아가 되어 사라졌으면 좋겠어?"

마린이 받아쳤다.

"누가 어깃장을 놓는다는 거야! 누군 엄마 아빠 안 찾고 싶어서 그래?"

박사가 다시 오누이를 뜯어말렸다.

"아니, 이보게들! 그만 좀 싸우고 내 말 마저 들어 봐. 어제⋯."

그때 레몬티가 허겁지겁 연구실로 들어섰다.

"방금 역사복원위원회에서 연락이 왔습니다. 새로운 짤방이 복원되었으니 정마린 대원은 신속히 위원회로 출근하시랍니다. 곧 짤방 분석 회의가 열린다고요."

연구실을 가득 메웠던 긴장감이 레몬티의 등장으로 흐트러졌다. 마리우스 박사는 짧은 한숨을 내쉬더니 마린에게 손짓했다.

"자, 마린 대원은 얼른 위원회로 가 보게나. 나머지 얘기는 다녀와서 마저 하지."

마린이 못내 아쉬운 표정을 떨치지 못하고 돌아섰다.

노을이 문 사이로 사라지는 마린을 보며 혀를 찼다.

"박사님, 전 누나를 이해할 수 없어요. 누나는 엄마 아빠를 찾고 싶은 마음이 있긴 할까요?"

박사가 부드럽지만 엄하게 대꾸했다.

"그런 말이 어디 있나! 정마린 대원이야말로 부모님의 무사함을 기원하고 하루라도 빨리 찾기를 바라고 있네."

"그런데 왜 말끝마다 제가 지난번 원정 때 본 분들은 절대 엄마 아빠가 아니다. 헬조선으로 타임 슬립 한 게 아니라 더 멀고 아득한 시공간으로 사라져 버렸을 수도 있다, 뭐 그런 나쁜 얘기만 하느냐고요."

노을이 그동안 쌓였던 섭섭함을 쏟아 놓았다.

"부모님을 너무 찾고 싶어서, 그 마음이 너무 간절해서 조심 또 조심하는 게 아닐까."

노을은 박사의 말이 언뜻 이해가 가지 않았다.

역사복원위원회역을 향해 달리는 라인 전차 안에서 마린은 무거운 한숨을 내쉬었다. 창밖으로 가득한 프록시마 항성을 올려다 보니 마음마저 시뻘겋게 타들어 가는 것 같았다. 한참을 멍한 눈으로 기울어 가는 항성을 보던 마린의 입술이 달싹였다.

"내가 틀리고 노을이 맞았으면…."

연구실에 마주 앉은 두 남자에게는 들릴 리 없는 혼잣말이었다.

치파오를 입은 여자

마린이 대회의실에 도착했을 때는 이미 토론이 한창이었다. 회의실 한가운데 떠 있는 짤방 사진은 지난번 두 번째 원정 때처럼 두 장이었다.

첫 번째 사진에는 2차 세계대전 때 유럽과 아시아의 상공을 가득 메웠던 쌍엽비행기가 커다랗게 찍혀 있었다. 비행기는 두 줄 날개를 자랑스럽게 펼친 채 늠름한 모습이었다. 그 앞에 전투용 비행복을 입은 비행사들이 나란히 늘어서 있었다. 기념사진 찍는 표정으로 이쪽을 바라보는 당당하고 자신에 찬 미소였다. 인원은 동양인 서양인 합쳐서 여섯 명이었다. 이들은 마치 동료애를 과시하듯 딱 붙어 서 있었는데, 놀라운 것은 그중 두 사람이 여성이라는 사실이었다. 한 명은 활짝 웃는 미소가 매력적이었다. 흐릿한 사진 속에서도 미모가 빛났다. 나머지 한 명은 동그란 안경과 단발머리가 인상적이었다. 이 여성은 남자 못지않은 무게감과 진지함을 온 몸으로 풍기고 있었다.

마린은 말없이 눈인사만 한 채 자리로 가 앉았다. 매부리코 안토니오 박사가 한창 발언 중이었다.

"20세기 헬조선에 항공사가 존재했다는 사실은 21세기 통일 대한민국 공식 기록에서 확인할 수 있습니다. 이 짤방은 20세기 초 헬조선에 존재했던 비행사들의 기념사진으로 파악됩니다."

소피아 박사가 나섰다.

"저도 그렇게 생각했습니다. 헬조선이라고 외국인 비행사를 고용하지 말란 법 없으니까요. 그런데 어젯밤 20세기 복식사 자료를 뒤지다 이상한 점을 발견했습니다. 사진 속 비행사들이 입은 비행복이 헬조선의 항공사 혹은 공군 제복이 아니더군요."

검은 피부의 피코 박사가 고개를 갸우뚱했다.

"그럼 어느 나라 비행복입니까?"

소피아 박사가 대답했다.

"이들이 입은 제복은 20세기 초 중국 공군 군복입니다."

장경은 위원장이 뺨을 긁으며 나지막이 중얼거렸다.

"음, 그 말은 이들이 항공사에 고용된 비행사가 아니라 군인이 란 뜻이군요. 그것도 헬조선이 아니고 중국 공군."

소피아 박사가 그렇다고 했다.

"아무래도 이 사진은 헬조선과는 관계가 없어 보입니다. 중국 공군 조종사들이 훈련을 마치고 군용 비행기 즉 전투기 앞에서 배치 기념으로 사진을 찍은 것 같습니다."

마린이 고개를 갸웃하며 손을 들었다.

"그런데 왜 헬조선 짤방 기록에 포함되어 있는 걸까요?"

소피아 박사도 그것이 궁금하다며 다른 사진을 가리켰다.

"우선 두 번째 짤방을 마저 살펴보죠."

두 번째는 동그란 안경을 쓴 단발머리 여성이 좌우에 앉은 두 남자의 어깨에 양팔을 올리고 찍은 사진이었다. 마치 우리 세 사람은 끈끈한 동지애로 뭉친 한 팀이야, 하고 자랑하는 듯했다. 세 사람 입가에 엇비슷하게 물린 미소가 이들의 우정과 신의를 증명했다.

소피아 박사가 의견을 냈다.

"나머지 사진을 분석한 결과 가운데 치파오를 입고 안경을 쓴 여인이 첫 번째 사진 속에 있는 단발머리 여인과 동일 인물로 판명 났습니다. 이 치파오의 디자인 역시 20세기 초 중국에서 크게 유행한 여성복이지요. 그렇다면 이 여인이 중국 여성이라는 점은 틀림없는 사실로 보이는군요."

마린은 소피아 박사의 설명을 들으며 고개를 끄덕였다.

'박사님 생각이 맞는 거 같아.'

마린이 이렇게 확신하는 데는 이유가 있었다. 두 번의 원정으로 헬조선 여성의 사회적 지위가 어떠한지 뼈저리게 체험한 마린이었다. 20세기 초 일제강점기에 여성이 남성의 어깨에 팔을 척 올린 채 사진을 찍는다는 것은 불가능했다. 적어도 마린이 경험한 헬조선에서는 그랬다. 여자는 항상 남자 발아래 위치했다. 여자는 억울한 일을 당해도 하소연할 데도 없이 혼자 삭히는 것이 헬조선의 상식이었다. 그러나 사진 속 여인은 표정부터가 달랐다. 세상과 당당하게 눈높이를 맞추고 여유로운 미소까지 보낼 만큼 자신감이 충만해 보였다.

마린에게 조금 다른 의문이 생겼다. 20세기 초반이라면 중국 역시 헬조선 못지않게 봉건적 남녀 차별 이념이 사회를 지배하던 시절 아닌가. 중국 여성이라도 이렇게 대범한 자세로 남자들을 거느린 채 사진을 찍기는 쉽지 않을 터였다. 여기까지 생각한 마린은 다시 머리를 흔들었다.

'아니야. 내가 간과한 게 있어. 아무리 중국이라지만 20세기 초에 비행기 조종사였으면 여자라도 그 자존감이 하늘을 찔렀을 텐데, 이 정도 자세로 사진을 찍는 게 무슨 대수겠어.'

마린은 헬조선에서 만났거나 스친 무수한 여인들의 얼굴을 떠올리며 쓴웃음을 물었다.

소피아 박사가 앞에 놓인 모니터를 들여다보며 말했다.

"방금 이 안경 쓴 여성에 관한 데이터가 도착했습니다. 파일을 열어 읽어 보겠습니다. 이름 권기옥, 중국 20세기 역사 기록에 권기옥이란 공군 비행사가 실존했군요. 1928년 중국 국민당 정부 소속 항공서 제1대 경찰대 소속 비행원으로 복무한 사실이 있습니다. 당시 나이 스물여덟."

마린은 소피아 박사가 읊어 대는 이력에 귀를 기울였다.

'헬조선에도 저렇게 성공한 여성이 있었다면 얼마나 좋았을까.'

마린은 강주룡과 현계옥, 정칠성을 떠올렸다. 세 사람은 사회적으로 성공했다고 말하기엔 무리가 있었다. 강주룡은 해고 노동자로 을밀대 지붕 위에서 고공농성을 벌였다. 현계옥과 정칠성은 가장 낮은 신분인 기생이었다. 세 사람 모두 나라와 이웃을 위해 헌신한 분들이었지만 그건 역사의 평가이자 칭송일 뿐이다. 그들이 치열하게 온몸으로 부딪히며 살아 낸 세상은 이들 중 누구도 영웅으로 혹은 위인으로 대접하지 않았다. 그늘진 응달에서 아무런 대가도 바라지 않고 제 할 몫을 묵묵히 해내다 스러져 간 이들이었다.

마린은 서운한 감정을 쉽게 가라앉히지 못했다. 마린이 원정을 통해 만났던 이들은 식민지 조선에서 태어난 여자였다. 온갖 신분적 제약과 핍박 속에서 밟히고 무시당했다. 그래도 길가에 피어난 민들레꽃처럼 끊임없이 하늘을 향해 고개를 들고 희망을 피워 낸 분들이었다. 마린은 그들의 처절한 투쟁을 생생히 지켜보았다. 하지만 권기옥이란 여성은 결이 달랐다. 당시 남성도 쉽게 도전하지 못하는 전투기 조종사로 역사에 당당히 이름을 새겼다. 그런 분이 중국인이란 조사 결과에 마린은 마음 한구석이 저렸다.

'강주룡 님과 현계옥 님도 뒷받침만 제대로 되었다면 저 중국

여인 못지않은 위인으로 기록되었을 텐데.'

마린은 아쉬운 속마음을 감추느라 입을 꾹 다문 채 짤방만 올려다보았다.

피코 박사가 자신의 컴퓨터 모니터를 보며 말했다.

"소피아 박사님이 조사하신 내용이 맞습니다. 제 연구원이 방금 보내 준 자료를 보니 첫 번째 짤방에 등장하는 비행기가 당시 장제스가 이끄는 중국 국민혁명당 소속 공군에서 사용하던 것으로 확인되었네요. 이탈리아제 쌍엽비행기로 2차 세계대전 때 활약이 대단했던 전설적인 비행기라는군요."

이제 권기옥이란 여성이 중국 사람이라는 데 이의를 제기하는 사람은 없었다. 장 위원장이 고개를 끄덕이다 멈칫했다.

"여러분의 신속한 자료 조사 덕분에 짤방 인물에 대한 오해를 피할 수 있었습니다. 다만 권기옥이란 여성이 중국인임이 확실시되는 지금 해결되지 않은 궁금증이 남았군요."

소피아 박사가 말을 받았다.

"왜 이 여성의 짤방이 20세기 헬조선 역사 기록에 끼어 있나 하는 점 말씀이죠?"

20세기 한반도 역사 파일은 프록시마 이주민이 지구를 떠나기 직전 랜섬웨어에 감염되었다. 복원 작업을 통해 간신히 몇몇 짤방을 되살릴 수 있었다. 그렇다 하더라도 한반도 역사 파일에 다른 나라 역사 기록이 섞여 들어갈 이유는 없었다.

"정말 수수께끼네요."

피코 박사가 말꼬리를 늘이는 그때였다. 이제껏 잠자코 듣기만 하던 안토니오 박사가 슬며시 감았던 눈을 떴다. 앞에 놓인 컴퓨터 모니터에서 딩동 하는 메일 수신 알림음이 들렸기 때문이다. 안토니오 박사는 느릿한 손길로 메일을 열어 내용을 확인했다. 그의 눈길이 좌우로 천천히 움직이며 훑어 내리다 멈추었다.

"음, 풀리지 않는 수수께끼를 해결해 줄 실마리가 나온 듯한데요."

좌중의 이목이 안토니오 박사에게로 몰렸다. 박사는 메일 중 일부분을 큰소리로 읽어 내렸다.

그는 민족주의 시인으로 식민치하의 민족적 비애와 일제에 항거하는 저항의식을 기조로 하여 시를 썼다.

마린이 호기심 가득한 목소리로 물었다.

"누굴 말씀하시는 거죠?"

안토니오 박사가 두 번째 사진 오른쪽 아래에 자리한 신사를 가리켰다. 이목구비가 뚜렷하고 선한 눈매를 지닌 남자는 한눈에 봐도 지식인 풍모였다. 구김살 하나 없는 여름 양복은 비록 흑백사진이라도 빛났다. 그는 꾸밈없는 표정을 짓고 있었는데 진지하고 영민해 보이는 인상이었다. 마린은 저 정도면 미남인걸, 하는 생각이

들었다. 그 옆에 나란히 있는 콧수염의 남성 역시 차분하면서도 확신에 찬 눈매를 하고 있었다. 두 남자는 마치 오래된 죽마고우처럼 자연스럽게 어우러졌다.

안토니오 박사가 얼굴 가득 웃음을 띤 채 말했다.

"저분이 누구인지 아십니까? 저 잘생긴 젊은이는 일제강점기 민족시인 이상화입니다."

순간 회의장이 술렁였다.

안토니오 박사는 자신의 발언이 일으킨 반향을 즐기며 이야기를 계속했다.

"제가 이래 봬도 어린 시절 시인을 꿈꾸던 문학 소년이었습니다. 특히 저항 의식과 시대정신이 뚜렷한 민족시인들을 흠모했지요. 이 짤방을 보는 순간 21세기 통일 대한민국에서 간행한 문학 대계 전집이 생각나더군요. 그리고 그 안에 실려 있는 이상화 님의 사진이 기억났습니다."

회의장 한가운데 또 다른 이미지 하나가 떴다. 커다랗게 뜬 흑백사진에는 검은 학생모를 쓰고 두루마기를 입은 고등학생이 자리하고 있었다. 오른팔을 의자 팔걸이에 기대고 앉은 자세가 사진관에서 찍은 기념사진임을 나타냈다. 아직은 앳된 얼굴에 수줍음이 가득했다. 그래도 계란형 윤곽에 오뚝한 콧날이 두 번째 짤방에 등장하는 인물과 동일인임을 드러냈다.

안토니오 박사가 컴퓨터 모니터를 들여다보며 덧붙였다.

"명확한 검증을 위해 제 연구 조수에게 조사를 맡겼는데 방금 답신이 왔네요. 짤방 속에서 친근한 미소를 짓고 있는 분이 이상화 님이 맞답니다."

곧이어 회의장 한가운데로 시인 이상화의 대표작인 〈빼앗긴 들에도 봄은 오는가〉 전문이 홀로그램으로 떴다.

지금은 남의 땅 ― 빼앗긴 들에도 봄은 오는가?

나는 온몸에 햇살을 받고
푸른 하늘 푸른 들이 맞붙은 곳으로,
가르마 같은 논길을 따라 꿈속을 가듯 걸어만 간다.

입술을 다문 하늘아, 들아,
내 맘에는 나 혼자 온 것 같지를 않구나!
네가 끌었느냐, 누가 부르더냐. 답답워라. 말을 해 다오.

바람은 내 귀에 속삭이며
한 자국도 섰지 마라, 옷자락을 흔들고.
종다리는 울타리 너머 아씨같이 구름 뒤에서 반갑다 웃네.

안토니오 박사는 50여 년 전 문학 소년으로 돌아가 시를 낭송했다. 역사복원위원회 짤방 분석 회의에 난데없는 일이었지만 누구도 이의를 제기하거나 어색해하지 않았다. 오히려 지구의 자연을 체험한 적 없는 프록시마인들에게 시 구절구절마다 펼쳐지는 봄맞이 들판의 정경은 가슴이 에이도록 아름답게 들렸다. 시 낭송이 끝나자 여기저기서 낮은 탄성이 흘러나왔다.

피코 박사가 두 손을 깍지 낀 채로 턱을 괬다.

"그럼 이 사진은 이상화 시인이 중국에 체류할 당시 중국 여성 비행사와 교류를 가졌다는 증명이 되겠군요."

소피아 박사가 머리를 갸우뚱했다.

"식민지 조선의 젊은 저항 시인과 중국 여성 비행사의 교류라…, 매우 로맨틱하게 들립니다. 다만 왼쪽에 앉아 있는 콧수염 신사는 누구인지 아무리 찾아도 신원을 파악할 수 없다는 점이 유감입니다. 저분의 신원이 파악된다면 세 사람이 같이 사진을 찍은 연유를 유추해 볼 수도 있고 권기옥 비행사와 이상화 시인의 관계에 대한 실마리도 얻을 수 있을 텐데요."

안토니오 박사가 매부리코를 만지작거리며 말했다.

"당시 중국에서 활동한 문인이 아니었을까요? 이상화 시인만큼 유명하진 않아도 시를 쓰는 예술가는 얼마든지 있을 수 있잖아요. 아마추어 시인도 시를 창작할 때만큼은 진지하답니다."

안토니오 박사는 무명 시인의 대변자라도 된 듯 새초롬한 표정이 되었다. 장 위원장과 소피아 박사가 웃음을 감추느라 고개를 숙였다. 방금 안토니오 박사 얼굴에서 열다섯 앳된 문학 소년의 표정을 읽었기 때문이다.

마린은 위원들이 내놓는 조사 결과와 주장을 꼼꼼히 경청했다. 말 한마디 보태지 않고 모두의 의견을 받아들여 자신만의 결론을 도출해 내려 애를 쓰는 중이었다. 그 모습을 건너다보던 장 위원장이 말문을 열었다.

"권기옥 비행사가 헬조선 역사 기록 파일에 존재한다면 이는 조선과 깊은 인연이 있는 인물일 수도 있다는 방증이 됩니다. 저는 모든 가능성을 열어 놓아야 한다고 생각합니다."

마린이 고개를 끄덕였다.

"저도 위원장님 말씀에 전적으로 동의합니다. 헬조선 역사를 만드는 데 꼭 한국인만 활약했다고 단정 지을 수는 없죠. 한국인만이 한국 역사를 만들었다는 생각은 자칫 편협하고 배타적인 역사관을 낳을 수 있다고 봅니다."

장 위원장이 앞에 놓인 컴퓨터 모니터를 들여다보았다.

"첫 번째 짤방의 시공간 정보는 아직 불완전합니다. 하지만 다행히도 두 번째 짤방 시공간 좌표는 정확도가 89퍼센트입니다. 두 번째 짤방 사진이 생성된 시간과 공간으로 가 보면 첫 번째 짤방에 대한 정보도 얻을 수 있을 거라 기대합니다. 자, 헬조선 원정대 정마린 대원! 이번 원정 탐사의 타임 슬립 할 시간과 장소는 1937년 3월 남경입니다. 짤방 주인공을 조사, 확인하고 증거품을 수집해 오십시오."

마린은 자리에서 일어나 장 위원장을 향해 거수경례를 했다.

같은 시각, 노을과 마리우스 박사는 마주 앉아 이야기를 나누고 있었다.

두 사람 사이에 새로운 홀로그램이 떠 있었다. 그것은 작은 새 알처럼 보였다. 자세히 보면 타원형으로 매끈하게 생긴 메달 혹은 브로치 같았다. 짙은 남색 테두리에 은색 바탕의 정교한 조각이 새겨져 있어 한눈에 보기에도 귀한 물건 티가 났다. 가운데 새겨진 조각을 가만히 들여다보면 그 생김새가 게이스타 본부의 원뿔 모양 그대로인 걸 알 수 있었다. 조각은 선 그대로 투명한 바다 빛 광선을 뿜어내고 있었다.

"이 위치추적기가 정 선장과 고 항해사 제복에 달려 있을 걸세."

마리우스 박사는 책상 서랍에서 엄지손가락보다 조금 작은 펜던트를 꺼냈다. 홀로그램 이미지는 크게 확대된 것이라 막상 실물을 보니 홀로그램 이미지보다 작지만, 더 단단하고 옹골차 보였다. 노을이 위치추적기를 건네받아 손바닥에 올려놓았다. 추적기를 이리저리 살펴보는 눈빛이 마치 실종된 부모님의 유품을 보는 듯 간절했다.

노을이 박사에게 말했다.

"아직 부모님의 행방에 관한 단서를 못 구했다는 건 이 기계가 고장이 났거나 분실되었다는 뜻이 아닐까요?"

마리우스 박사가 진지한 어투로 대답했다.

"고장이 나지 않았더라도 자기장에 영향을 받았을 확률이 커. 그래서 우리 본부 레이다 탐지망에 잡히지 않았던 것이지. 하지만 2세대 케이스타가 방사능 자기장에 최대한 영향을 받지 않도록 개선되었잖나. 분실이나 고장이 아니라면 위치추적기가 송신하는 두 사람의 위치를 오차 범위 5퍼센트 내로 추적할 수 있을 거야."

노을은 마리우스 박사의 말속에서 실낱같은 희망을 찾았다.

"지난번 현계옥 님 원정 탐사 때 박사님이 분명 말씀하셨어요. 호라이즌호 실종 직전에 보낸 시그널을 우리 관측용 안테나가 잡았다고요."

마리우스 박사가 그렇다고 대답했다.

"발신 위치가 태양계 세 번째 행성 근처였어. 시간대는 20세기 초라는 분석이 나왔고."

"세 번째 행성이면 지구라는 뜻이지만 좀 더 구체적인 위치나 시간대는 수신되지 않았던 거죠?"

"그랬지. 지난번 우주 관측용 안테나가 잡은 시그널은 호라이즌호에서 송출한 거였네. 하지만 어제 우리 케이스타 본부에 설치된 레이다 탐지망에 다시 새로운 시그널이 잡혔어."

노을이 움찔하며 몸을 솟구쳤다.

"그게 어딘데요? 시간대는요?"

"1937년 3월 중국 남경. 이렇게 나왔네. 그리고 이번 시그널은 호라이즌호에서 보낸 게 아니야. 그건 내가 정 대양 부부의 왼쪽 가슴에 직접 달아 준 위치추적기에서 송출된 전파였네."

마리우스 박사의 말에 노을이 발을 굴렀다.

"왜 아까 누나랑 있을 때 이 얘기를 하지 않으셨어요? 이 말씀만 하셨다면 누나가 엉뚱한 소리를 못 했을 거 아니에요."

박사가 화난 표정으로 받아쳤다.

"자네들이 내 말은 들은 척도 안 하고 싸움질을 시작했잖나. 자네 남매가 내 앞에서 싸우는 게 어디 한두 번인가? 내가 너무 오냐오냐 했지. 도대체가 말이야. 어른 어려운 줄도 모르고 막무가내야, 둘 다!"

노을은 봇물 터지듯 터지는 박사의 꾸지람에 입술을 오므렸다. 부모 대신 마음으로 의지하는 마리우스 박사였다. 하지만 사람이란 참 현명하지 못한 동물이다. 믿거니 하는 사람을 만만하게 여기는 우매한 짓은 인간만의 전매특허다. 노을은 새삼스러운 죄송함과 부끄러움에 고개를 들지 못했다.

박사는 노을이 주눅 들어 어깨를 웅크리자 비죽 웃었다.

"나머지 야단맞을 거는 마린 대원이 오면 마저 하고. 자, 어떻게 할 텐가? 타임 슬립 할 좌표가 나왔는데."

노을이 고개를 번쩍 들었다.

"어떻게 할 거냐니요. 지금 당장 가야죠. 엄마 아빠 데리고 와야죠."

마리우스 박사가 노을의 어깨에 손을 얹었다. 노을도 마리우스 박사의 팔을 잡았다. 그때, 연구실 문이 열렸다.

"다녀왔습니다… 어? 뭐 하는 거예요?"

방으로 들어서던 마린이 딱 달라붙어 서 있는 두 남자를 의아한 눈으로 쳐다봤다.

"마린 대원 어서 오게!"

마리우스 박사가 뒤로 물러서며 알은체했다.

"여기 출동 명령서와 짤방 사진 두 장입니다."

마린은 마리우스 박사에게 서류를 제출했다. 출동 절차였다. 사진을 보며 회의 녹취록을 듣고 있던 두 사람이 깜짝 놀라 서로를 쳐다봤다.

"누나! 1937년 3월 중국 남경으로 타임 슬립 해?"

마린이 그렇다고 고개를 끄덕이자 두 사람이 합창처럼 외쳤다.

"거기 엄마 아빠가 계신 곳인데!"

"정대양 부부가 있는 곳인데!"

마린은 어안이 벙벙해 동생과 박사를 번갈아 봤다.

박사가 마린을 의자로 이끌었다.

"본부에서 수신한 시그널이 확실히 엄마 아빠가 가지고 계신 위치추적기에서 송출된 거 맞나요?"

박사의 설명이 끝나자 마린이 조마조마한 얼굴로 물었다. 동생 앞에서는 짐짓 냉정한 척했지만 마린이야말로 잔뜩 흥분된 표정이었다.

"확실하네. 다만 내가 의아스러운 건 어떻게 위치추적기에서 송출된 시그널 위치와 마린 자네가 출동할 위치가 같냐는 거지."

박사가 뒷짐을 지고 연구실을 왔다 갔다 했다. 기묘한 우연의 법칙을 찾아내려 고민에 빠진 모습이었다.

노을이 흥분에 차 재촉했다.

"누나 뭘 더 기다리고 있어? 얼른 케이스타에 오르자고!"

노을의 우렁찬 목소리에 박사가 정신이 든 듯 오누이 쪽을 쳐다봤다.

"그래! 나야 연구실에 매인 과학자지만 여러분은 직접 헬조선으로 가서 이 기막힌 우연에 어떤 사연이 깃들어 있는지 직접 알아내야지."

오누이는 둥그런 케이스타 센딩팟에 나란히 섰다.

마리우스 박사는 이 모습을 흐뭇한 눈길로 바라보며 이렇게 외쳤다.

"헬조선 원정대 3차 원정 1937년 3월 남경으로 출발!"

대단한 형수님

번쩍하는 섬광이 마린의 눈을 찔렀다. 익숙해질 만도 하련만 시공간 여행은 할 때마다 묵직한 멀미를 선사했다. 쿵 소리와 함께 어디론가 뚝 떨어지는 느낌에 마린은 눈을 꼭 감았다 떴다. 하지만 눈이 제대로 떠지질 않았다. 멀미 때문이 아니었다. 지구 위로 내리쬐는 태양광선 때문도 아니었다. 코를 찌르는 독한 악취 때문에 정신이 달아날 지경이었다.

"아유, 냄새!"

마린은 숨을 멈추고 가까스로 일어서다 어딘가 심하게 머리를 찧었다.

"아야! 이건 뭐야!"

마린이 부딪친 건 쇠로 만든 급수 파이프였다. 막상 어디에 머리를 찧었는지 확인이 되자 아픔이 더 구체적으로 밀려왔다. 하지만 더러운 먼지가 잔뜩 앉은 쇠 파이프가 문제가 아니었다.

"헉! 이건 또 뭐야!"

마린 발밑에 작은 구멍이 뻥 뚫려 있었다. 그 아래로 빠르게 스치고 지나가는 철길이 훤히 내려다보였다. 정신을 차리고 보니 냄새만큼이나 쇠가 갈리는 소음도 무시무시했다.

"도, 도대체 여긴…?"

마린이 얼빠진 표정으로 주위를 둘러보았다. 마린이 타임 슬립한 곳은 다름 아닌 열차 화장실 안이었다. 마린은 첫 원정 때 입었던 물방울무늬 원피스를 입고 있었다. 손에는 작은 서류 가방이 들려 있었다. 마린이 얼른 원피스 주머니를 뒤졌다. 명함이 한 장 나왔다. 거기에는 '月刊《三千里》在中 特派員 鄭馮漣(월간《삼천리》재중 특파원 정마린)'이라고 쓰여 있었다.

"또 불시착이야? 응? 카이 대답 좀 해 봐!"

마린은 울상이 되어 카이를 찾았다. 카이는 타임 슬립 한 원정 대원과 프록시마 본부를 연결하는 인공지능 프로그램 이름이었다. 마린 귓속으로 친근하고 차분한 카이 목소리가 울렸다.

"아가씨 혹시 볼일 보실 게 아니라면 여기서 그만 나가시죠."

그 소리에 마린은 얼른 화장실 문을 열었다. 문 앞에는 짜증과 긴급함으로 붉으락푸르락해진 승객 세 명이 나란히 줄을 서 있었다. 마린은 세 사람의 따가운 눈총을 받으며 객차로 들어섰다.

"원피스 주머니에 기차표가 들어 있을 거예요. 꺼내서 좌석 번

호부터 확인하세요."

마린은 카이가 시키는 대로 자리를 찾아 앉았다. 객차 안은 좌석이 반 넘게 비어 한산했다. 앞뒤로 마주 보는 네 명 좌석 오른쪽 창가 자리에 앉은 마린은 초조한 표정으로 입술을 깨물었다. 카이는 마린의 심정을 간파한 듯 설명을 시작했다.

"지금 마린 아가씨가 탄 기차는 남경을 종착역으로 하는 우등 열차입니다. 현재 지구력으로 1937년 3월 17일 수요일입니다. 그러니 걱정하지 마세요. 레몬티 연구원이 케이스타에 입력한 좌표대로 정확히 온 것이니까요."

마린이 주위를 살피며 조용히 속살거렸다.

"그럼 왜 남경으로 바로 타임 슬립 하지 않고 거기로 가는 기차에 떨어진 거지? 그리고 노을이는 또 어디로 간 거야? 이번에는 틀림없이 방사능을 모조리 배출하고 깨끗한 몸으로 타임 슬립 한 건데."

마린은 보이지 않는 동생을 찾느라 객차 안을 두리번거렸다.

"노을 도련님 행방은 알아보고 바로 알려드리겠습니다."

마린이 카이의 대답을 기다리는데 누군가 마린의 자리 앞으로 와 섰다. 동생 걱정에 정신이 팔린 마린은 앞에 선 사람을 쳐다볼 생각도 하지 않았다.

"저, 그쪽이 제 자리인 듯합니다만."

그 소리에 흠칫 놀란 마린이 눈을 들었다. 말끔한 양복 차림에 커다란 여행 가방을 든 신사가 서 있었다. 마린은 신사의 얼굴을 보다 엥, 하며 미간을 좁혔다.

'낯설지 않은데 어디서 봤지?'

신사는 비켜 앉는 마린에게 가볍게 눈인사를 한 후 자리에 앉았다. 그는 조용한 몸짓으로 가방을 의자 밑으로 넣고 바로 신문을 펼쳐 들었다. 마린은 옆에 앉은 신사를 계속 힐끔거렸지만, 신사는 그런 눈치를 채지 못한 모양이었다. 다 읽은 신문을 접어 무릎에 놓고는 창밖으로 시원하게 펼쳐진 들판을 내다보았다. 그는 곧 깊은 상념에 빠진 듯 아련한 눈빛을 했다. 마린은 그런 신사의 옆모습을 힐끔거리다 움찔 놀랐다.

'어? 이 사람?'

마린은 태연한 척 꾸미며 무릎 위에 놓인 가방을 살짝 열어 보았다. 가방 안에는 짤방 두 장이 나란히 들어 있었다. 마린은 조금 열린 틈 사이로 사진을 살펴보았다. 그리고 옆에 앉은 신사를 훔쳐보며 비교했다. 특히 신사의 귀 모양을 세심하게 뜯어 보았다. 소피아 박사의 말이 떠올랐기 때문이다. 인물을 확인하는 데 귀 모양처럼 정확한 신체 조건은 없다고 가르쳐 준 일이 떠올랐다. 그런데 갑자기 가방 안에 든 짤방 사진 빛이 바래기 시작했다. 마치 인화 중 햇빛에 노출되어 색이 날아가는 현상 같았다.

'어, 이게 왜 이러지?'

마린이 당황해 오른쪽 귓가를 만졌다. 마린이 카이와 소통할 때 쓰는 머리핀이 귀밑머리 근처에 꽂혀 있었다. 마린은 카이에게 물으려다 입을 꾹 다물었다. 옆에 앉은 신사가 너무 가깝게 있어 자칫하면 마린의 말소리를 듣게 될 것 같았다. 그사이 가방 속 사진은 색이 날아가 버려 하얀 바탕만 남은 종잇조각이 되고 말았다. 마린은 어쩔 줄 몰라 하며 손을 가방 속에 넣었다. 그때 카이의 목소리가 들렸다.

"침착하세요. 방금 일어난 현상은 시공간 왜곡이 생길 때 발생하는 일시적 반응이니까요. 마리우스 박사님께서 전하라고 하셨어요. 지금 충돌하는 시공간 오류에서 벗어나면 사진은 다시 제 모습으로 복구될 거라고요."

마린은 이마에 맺히는 진땀을 손으로 닦아 내며 일어섰다.

"아, 덥다! 바람 좀 쐬고 와야지."

마린은 마치 곁에 앉은 신사에게 들리라는 듯 큰 소리로 말하며 객차를 나왔다. 그리고 곧장 화장실로 들어가 문을 걸어 잠갔다.

"그럼 내 시공간 이동에 오류가 났다는 뜻이야?"

"아니요. 그렇다기보다는 아가씨가 지금 짤방에 나온 인물과 맞닥뜨린 거 같다고 하셨어요. 좀 더 이해하기 쉽게 말씀드릴게요. 짤방 사진이 만들어진 시간대가 지금보다 뒤라서 충돌을 일으킨 것 같아요."

마린이 고개를 끄덕였다.

"그러니까 이 짤방 사진이 찍힌 날짜보다 이른 시간대에 타임 슬립을 해서 그렇구나."

"네, 그것도 영향이 있고. 음… 잠시만요. 박사님은 방금 마린 아가씨 옆에 앉은 신사도 어떤 작용을 일으키는 요인 같다고 하시네요."

"나랑 나란히 앉은 승객이 짤방 속 주인공이라도 된다는 말이야?"

"네, 아가씨도 조금 전에 사진이랑 신사분이랑 비교하시면서 같은 생각을 하시지 않았나요?"

"거야 그렇지. 뭐가 뭔지 모르겠지만 우선 다시 가 보자."

마린이 옷매무시를 가다듬고 화장실을 나왔다. 비록 흐려지는 사진이었지만 곁에 앉은 남자와 사진 속 오른쪽 청년은 무척 흡사했다. 두 사람이 동일 인물인지는 마린이 지금부터 알아낼 임무였다. 자리로 돌아온 마린은 가방을 꼭 닫은 뒤 발 옆에 내려놓았다.

'이제 어떡하지? 다짜고짜 권기옥을 아느냐고 묻는 것도 미친 짓 같고.'

마린이 신사를 몰래 훔쳐보았다. 신문을 읽고 있던 신사가 갑자기 신문을 접었다.

신사는 몸을 틀어 마린을 정면으로 쳐다봤다.

"혹시 저한테 관심 있으십니까?"

도전적인 말투에 마린이 흠칫 놀랐다.

"예… 옛?"

"저한테 한눈에 반하셨냐고요."

그 말에 마린 얼굴이 발갛게 달아올랐다.

신사는 짓궂게 이맛살을 찌푸리며 다시 물었다.

"아니면 저를 밀탐하러 쫓아온 밀정입니까?"

마린은 낚싯바늘에 걸린 붕어처럼 입만 벙긋벙긋했다. 이 모습을 본 신사가 피식 코웃음을 쳤다.

"반한 것도 아니고 스파이 노릇도 아니면 무엇 때문에 절 자꾸 훔쳐봅니까? 보아하니 얌전한 규수 같은데 외간 남자를 대놓고 힐끔거리다니 좀 의원데요."

신사는 접었던 신문을 다시 펼쳐 들었다. 넓게 편 신문이 마린과 신사 사이를 가로막았다. 꼭 마린의 눈길을 차단하기 위해 벽을 치는 것 같았다. 한동안 멍하니 눈만 껌뻑이던 마린이 발 옆에 놓았던 가방을 무릎 위로 올려 짤방 사진을 꺼냈다. 쌍엽비행기 앞에서 찍은 단체 사진이었다.

"저는 얌전한 규수가 아니라 기자입니다. 여기 이 여성을 취재하러 가는 중입니다."

그 소리에 신사가 신문을 천천히 내렸다. 그의 눈에 흑백사진 한 장이 보였다. 그 위에 마린의 기자 명함이 얹혀 있었다. 신사는 사진과 명함을 받아들고 뚫어질 듯 들여다보았다. 두 장의 종이를 번갈아 보던 신사가 갑자기 하하하, 하고 너털웃음을 터트렸다.

"우리 형수님이 유명한 인사라는 사실이야 익히 알고 있었지만 이렇게 취재를 위해 조선에서 중국까지 가는 기자가 있다니, 역시 대단하신걸!"

마린은 깜짝 놀라 물었다.

"혀, 형수님이라고요?"

"예. 사진 속에 있는 여성 말입니다. 이분이 바로 제 친형과 결혼한 권기옥 비행사입니다. 전 형과 형수의 초대를 받아 두 분이 사시는 남경으로 가는 길이고요."

마린은 놀라움과 반가움에 두 눈을 반짝였다.

"그럼 권기옥이란 분이 중국 사람이 아니고 조선 사람이란 말씀이세요?"

신사의 얼굴이 확 굳었다.

"중국 사람이요?"

마린은 순간 아차! 했다. 대담 취재하러 간다면서 상대방의 국적조차 모른다는 건 어불성설이다. 게다가 같은 조선인이라면 더 말할 것도 없다. 두 번의 원정 경험으로 이런 질문이 어떤 위기를 몰고 오는지 잘 알고 있었다. 마린은 같은 실수를 반복하는 자신이 한심했다. 그러나 이미 뱉어 놓은 말이다.

"아, 저는 여기 왼쪽에 서 계신 여성 비행사를 말씀하시는 줄 알고."

마린은 얼른 사진 왼쪽에 서서 활짝 웃고 있는 비행사를 가리켰다. 고육지책으로 둘러댄 말이었다. 신사의 표정이 살짝 풀렸다.

하지만 의심이 완전히 가신 것 같진 않았다.

"아, 난 또 깜짝 놀랐네. 조선 최초 여류 비행사 권기옥을 모르는 기자도 있나 하고요. 말씀하신 이쪽 분은 재미 중국인이자 여류 비행사 이월화 씨입니다. 가운데 서 계신 서양인은 우리 형수님과 같이 비행 선전단에 속해 있는 이탈리아 출신 교관님이고요."

신사는 친절한 목소리로 설명했다.

'어떻게 하면 이 사람의 의심을 지울 수 있을까?'

마린이 교양 넘치고 매력 가득한 남자를 물끄러미 바라보며 궁리했다. 그러다 이렇게 물었다.

"실례지만 성함이…."

그 말에 신사가 손으로 이마를 탁, 쳤다.

"어이쿠, 명함까지 받아 놓고 제 소개가 없었네요. 결례했습니다. 전 시를 쓰는 이상화라고 합니다."

이상화는 양복 안주머니에서 명함 지갑을 꺼냈다. 마린 손으로 건너온 명함에는 '詩人 李相和(시인 이상화)'라는 다섯 글자가 정갈하게 새겨져 있었다. 마린은 벅찬 마음을 감추느라 입술을 꼭 깨물었다. 마린의 머릿속으로 안토니오 박사가 떠올랐다.

'박사님이 이 자리에 계셨다면 얼마나 반가워하셨을까?'

마린이 옅은 미소를 띠며 손을 내밀었다.

"이런 인연도 있네요. 취재하러 가는 길에 탐방 인물의 한 가족을 만나다니. 아무래도 이번 취재는 뜻깊은 성취를 이룰 것 같습니다."

이상화는 활달한 목소리로 악수를 청하는 마린을 물끄러미 바라보았다.

"신여성은 역시 다르십니다. 남자에게 먼저 악수를 청하고."

마린이 손을 더 내밀며 당차게 대꾸했다.

"여자이기 이전에 중국에 취재하러 가는 기자로 보아 주십시오."

마린이 당차게 대꾸하자 이상화가 기꺼이 마린의 손을 잡았다.

"방금 전 우리 형수님이 중국 사람이냐는 엉뚱한 물음 때문에 잠깐 기자님을 오해했습니다."

이상화가 솔직담백하게 털어놓았다.

마린은 그런 그의 맑은 눈빛을 보며 고개를 저었다.

"저라도 의심했을 거예요. 그런데 제가 가끔 좀 엉뚱한 실수를 하곤 한답니다."

"원래 재바른 원숭이가 나무에서 떨어지는 법이죠."

이상화는 똑똑한 사람일수록 어설픈 빈틈이 꼭 있다며 너털웃음을 웃었다. 마린이 귓가를 붉히며 마주 웃는데 그가 말했다.

"남경까지는 아직 한참 남았으니 형수님에 관한 이야기나 좀 들려 드릴까요?"

마린이 반색을 하며 두 손을 모았다.

"그렇게 해 주신다면 저야 감사하죠. 사전 취재도 제대로 하지 못한 채 바삐 오는 바람에 모르는 게 너무 많아요."

이상화는 호기심이 뚝뚝 묻어나는 마린의 눈망울을 들여다보며 이야기를 시작했다.

기차는 묵묵히 중국을 가로질렀다. 가도 가도 끝없이 이어진 들판은 논갈이, 밭갈이로 분주했다. 기름진 흙이 햇살 아래 검은 속살을 드러냈다. 마린은 광활한 대지에 눈을 던져 둔 채 이야기에 빠져들었다.

시간이 흘렀다. 열차 유리창이 노을로 붉게 물들었다. 빨간 실처럼 가느다란 지평선으로 눈길을 던져 둔 마린의 가슴에도 붉은 덩어리가 타올랐다. 몇 시간째 이어진 이상화의 이야기가 지펴 놓은 불길이었다.

권기옥은 1901년 정월, 평안남도 중화군 설매리에서 태어났다. 아버지 권돈각과 어머니 장문명 슬하 둘째 딸로 평양에서 자랐다. 형제로는 남동생 하나와 자매 셋이 있었다. 어린 기옥은 선교사가 세운 학교에서 신식교육을 받았지만, 집안 형편이 어려워 은단 공장에도 다녀야 했다. 그래도 기옥은 학교에서 수학과 물리학을 특히 좋아하는 우등생이자 모범생이었다. 그 덕분에 장학금을 타서 부모의 근심을 덜기도 했다. 이후 여학교로 진학한 기옥은 열일곱 살에 송죽회라는 비밀결사대에 들어가 애국심을 키웠다. 졸업을 앞두고는 3·1운동을 준비하고 추진하다 검거되어 고문을 받았다. 혹독한 수감 생활이었지만 굴하지 않고 상해 임시정부와 긴밀하게 연락을 주고받는 역할을 맡기도 했다. 일제 경찰의 감시가 숨통 조이게 따라붙었지만 기옥은 굴하지 않았다. 오히려 군자금 모금, 일제 기간 시설에 대한 폭탄 테러 계획 등에서 주도적인 임무를 맡기도 했다. 스무 살이 채 안 된 여학생의 이력이라고 하기엔 파란만장한 활약상이었다.

"권기옥 여사라면 단연 조선 최초 여류 비행사라는 수식어가 으뜸이지만, 형수님을 설명하는 단어는 이외에도 많습니다. 송죽회, 평양 삼일운동, 평남도청 폭파 사건, 용의 조선인 133인, 중국 운남 항공학교 1기 졸업생 등등, 하나라도 만만하게 넘길 이력이 없죠."

이상화는 담담하지만, 사부심이 가득한 표정으로 말했다.

마린은 그저 잠자코 듣기만 했다. 카이를 통해 녹취되고 있으니 메모조차 필요 없었다. 그녀는 이야기꾼 시인이 엮어 내는 신여성 연대기에 푹 빠졌다. 그 사이 석양은 완전히 가라앉고 세상은 어둑해졌다.

"도시락이요! 방금 만든 따끈따끈한 도시락! 닭고기, 양고기 두 가지가 있습니다!"

열차 문으로 커다란 바구니를 옆구리에 낀 장수가 들어왔다. 그 바람에 이상화의 이야기가 끊겼다.

"출출한데 저녁으로 도시락 어떻습니까?"

이상화가 옆을 돌아보며 물었다. 마린이 얼른 대답했다.

"식사는 제가 대접해야지요. 덕분에 취재할 분에 대해 상세하게 알게 되었는데요."

"어이쿠, 이거 낫살이나 먹어서 젊은 처자에게 밥 얻어먹게 생겼습니다그려."

"젊은 처자가 아니라 기자입니다."

마린이 콕 집어 말하자 이상화가 개구쟁이처럼 웃으며 손을 번쩍 들었다. 도시락 장수가 재빨리 두 사람 자리로 뛰어왔다. 마린은 닭고기 도시락을, 이상화는 양고기 도시락을 무릎에 놓고 맛나게 먹었다.

"저, 잠시."

마린이 자리에서 일어나 객차 밖으로 나왔다. 열차 연결 칸에선 마린이 카이를 불렀다.

"이건 절대 불시착이 아니야. 권기옥이란 인물을 탐사하기 위한 가장 적절한 시간과 공간이야."

마린은 흐뭇한 미소를 짓다 불현듯 생각나 물었다.

"아 참! 노을이 얘는 지금 어디 있는 거야?"

키 낮은 양옥집

노을은 쿵 소리와 함께 꼬리뼈에 뻐근한 통증이 번지는 걸 느꼈다.

'아이고 엉덩이야! 박사님께 타임 슬립 할 때 부드럽게 안착하는 방법 좀 연구하시라고 말씀드려야겠군.'

노을은 허리를 문지르며 옆을 봤다.

"누나는 괜찮아? 어?"

곁에 있어야 할 마린이 보이지 않았다. 노을은 정신이 번쩍 들어 몸을 일으켰다.

"카이! 누나 어딨어?"

카이가 침착하게 대답했다.

"마린 아가씨는 남경으로 오는 열차 안에 계십니다."

그 말에 노을이 혀를 쯧쯧 찼다.

"뭐야? 또 불시착이야? 하여튼 사람은 마음을 곱게 써야 해. 그래야 나처럼 정확한⋯ 잠깐! 내가 타임 슬립 한 시공간 좌표는?"

"1937년 3월 17일 16시, 남경 시청 뒷골목입니다."

"그렇지! 언제나 실수 없이 깔끔하게 안착!"

노을이 허리에 손을 얹고 거만하게 웃었다.

"누나는 언제 즈음 이 낯선 도시에 도착한대?"

"오늘 19시 도착 예정입니다."

"음, 그래. 고생이 많다고 전해 줘."

노을이 빙글거리다 입고 있는 옷을 내려다보았다.

"이건 또 무슨 복장이래?"

노을은 종아리가 딱 달라붙고 허벅지 쪽은 통이 큰 바지를 입고 있었다. 발에는 목이 긴 가죽 장화가 신겨 있었다. 가죽 장화는 끈이 정강이에서부터 발끝까지 촘촘히 엮여 매듭지어졌다. 윗도리는 양쪽에 커다란 주머니가 두 개씩 달린 재킷이었다. 단추가 목끝까지 달린 탓에 다소 답답해 보이는 모양새였다.

"이 옷 어디서 본 것 같은데⋯."

노을은 갸우뚱하다 무릎을 쳤다.

"맞다! 20세기 사회주의 역사 시간에 봤지."

뭐든 한 번 보면 절대 잊는 법이 없는 노을이었다. 중국 인민혁명 때 인민복으로 유행했던 푸른 윗도리가 노을 머릿속으로 선명하게 떠올랐다.

"원정대 임무 중 큰 즐거움이 바로 이 고전 의상 가상 체험이라고 할 수 있지."

노을이 옷을 만지작거리다 무언가 발견했다. 왼쪽 윗주머니 날개에 '杭州 中央 航空學校(항주 중앙 항공학교)'라는 글자가 검은색 수실로 새겨져 있었다. 오른쪽 주머니 날개에는 '鄭路乙(정노을)'이라고 새겨져 있었다. 노을은 카이에게 한자를 읽어 보라고 시킨 후 머리를 긁적거렸다.

"항공학교 학생? 이건 또 무슨 작전에 투입된 증거냐."

노을은 프록시마 학교에서 20세기 지구 항공사를 교양과목으로 선택해 들었다. 우주선 선장과 일등항해사 사이에서 태어난 아이에게 비행기에 대한 호기심은 자연스러운 현상이었다. 이 때문에 어릴 적부터 언젠가 자신도 아버지처럼 커다란 함선을 책임지는 선장이 되리라고 마음먹었다. 그런데 원정대 탐사로 타임 슬립한 과거 지구에서 항공학교 학생으로 분장해야 한다니 묘한 인연이 아닐 수 없었다.

"카이! 본부에서 다른 전언은 없어? 갑자기 항공학교 학생이라니, 날 보고 뭘 어떻게 하라는 건지 파악이 안 돼."

카이가 본부에 문의해 보겠다고 대답했다. 덧붙여 마린이 기차에서 두 번째 쫠방 속 인물과 조우하는 중이라고 했다.

"뭐? 벌써?"

이렇게 되면 마린은 단순 불시착이 아니란 뜻이다.

"하여튼 누나는 운도 억세게 좋다니까. 나도 빨리 엄마 아빠를 찾아내야지. 그런데 이 옷은 도대체 무슨 힌트래?"

노을이 구시렁거리며 후미진 골목을 벗어났다. 큰길가로 나온 노을은 길 건너편에 우뚝 서 있는 경찰서 건물을 보고 걸음을 멈추었다. 그리고 순간 몸이 살짝 경직되었다. 현계옥과 작전을 수행하면서 헌병, 경찰, 군인 등 제복 입은 사람을 경계하고 공공기관 건물을 눈여겨보는 버릇이 생긴 탓이었다. 그러면서도 몸이 저절로 경찰서 앞으로 나아가는 걸 느꼈다. 왜 그래야 하는지 모르지만, 경찰서는 어깨를 움츠리고 옆으로 돌아가는 곳이 아닌 당당하게 고개를 들고 지나치는 곳, 그리고 정문 옆에 세워져 있는 알림판에 나붙은 지명수배 전단에 아는 독립투사의 사진이 붙었나 확인해야 하는 곳이었다.

현계옥이 꼼꼼하게 가르쳐 주던 말들이 노을의 귓가에 쟁쟁했다. 노을은 지난번 원정 탐사 때를 기억하며 피식 웃었다. 그리움이 묻어나는 웃음이었다.

노을이 정문에서 걸음을 멈추었다. 본부에서 이렇다 할 지시도 없다. 학생 교복을 입고 난생처음 도착한 도시 한복판이다. 거기다 경찰서다. 그렇다면 틀림없이 부모님과 관련된 시간대와 장소다.

"엄마 아빠가 경찰서에 계신다는 뜻인가? 설마!"

순간 등허리에서 식은땀이 쭉 솟았다.

"카이! 엄마 아빠 위치추적기 시그널이 이 건물 안에서 잡혀?"

노을이 허둥지둥 물었다.

카이의 평온한 대답 소리가 들렸다.

"아니요. 아무런 신호도 잡히지 않습니다."

노을이 안도의 한숨과 함께 다시 물었다.

"그렇담 왜 경찰서지? 왜 교복 차림의 항공학교 학생이냐고?"

그때 경찰서 건물 안에서 웬 남녀가 걸어 나왔다. 노을은 다가오는 두 사람을 무심코 보다가 흠칫 놀랐다. 키 큰 남자 곁에서 걷는 여자가 눈에 익었다.

'저 사람은 누나가 가지고 간 짤방 속에 나온 여인 아니야?'

노을이 두 사람을 유심히 뜯어보는 사이, 연인처럼 다정해 보이는 이들은 어느새 경찰서 정문을 나와 노을을 지나쳤다. 노을은 자기 어깨를 스치며 멀어지는 두 사람을 멀거니 보다가 뒤를 따르기 시작했다. 마치 못이 자석에 끌리는 형상이었다.

얼마 즈음 갔을까? 앞서가던 여인이 문득 걸음을 멈추고 뒤를 돌아보았다. 누군가 따라온다는 인기척을 느낀 모양이었다. 노을도 멈추어 섰다. 노을과 눈이 딱 마주친 여인은 상대방 얼굴을 자세히 건너다보더니 살짝 놀란 표정을 지었다. 그리고 머리를 45도로 기울였다. 동그란 얼굴에 동그란 안경, 그 안에 든 웃는 눈이 귀여운 인상을 자아내는 여인이었다. 하지만 여인은 단지 귀여운 인상이 전부가 아니었다. 노을을 똑바로 주시하며 눈썹을 꿈틀거리는 얼굴에서 무엇으로도 대체할 수 없는 당당함과 여유로움이 보였다. 그런 분위기는 무언가 큰 고비를 넘긴 사람만이 풍길 수 있는 분위기였다.

여인을 따라 노을을 보는 남성 역시 범상치 않은 인상을 풍겼다. 콧수염이 꽤 이목을 끌었으나 그보다 미남이라고 해도 과언이 아닐 만큼 반듯한 이목구비가 눈에 띄었다. 떡 벌어진 어깨, 그리고 훤칠한 키, 기다란 팔다리가 마치 20세기 고전 영화 속 주인공처럼 멋졌다. 노을은 그제야 그 남자 역시 두 번째 짤방에 등장한 인물이라는 걸 깨달았다.

여인이 천천히 다가와 조선 사람이냐고 물었다. 노을이 그렇다고 대답했다.

"혹시 나를 찾아왔나요?"

여인이 침착한 목소리로 물었다. 처음 보는 학생에게 다짜고짜 자기를 찾아왔냐니, 이상한 물음이었다. 노을이 머뭇거리는데 남자가 다가왔다.

"기옥, 무슨 일이야? 아는 사람인가?"

"권기옥 씨 되십니까?"

노을이 덤비듯 묻자 여인이 고개를 끄덕였다. 노을 얼굴이 환하게 밝아졌다.

"중국인이 아니었군요."

"그래요. 난 조선인이에요."

"그럴 줄 알았어요."

노을이 기옥에게 악수를 청하려는데 남자가 여인 앞을 막아섰다.

"당신은 누구요?"

노을은 남자와 눈을 마주쳤다.

"정노을이라고 합니다."

노을이 전혀 주눅 들지 않고 대답하자 기옥이 손으로 입을 가렸다.

"방금 이름이 뭐라고 했죠?"

노을이 되풀이해서 대답했다.

"정노을입니다."

기옥이 다시 긴장이 잔뜩 서린 목소리로 물었다.

"어디서 왔죠?"

노을의 입이 다물어졌다. 두 사람 사이에 서 있던 남자가 답답하다는 투로 물었다.

"도대체 무슨 일이야? 이 학생 아는 사람인가?"

남자는 기옥과 노을을 번갈아 쳐다보았다. 하지만 기옥도 노을도 대답 대신 서로의 얼굴만 빤히 들여다볼 뿐이었다. 세 사람 사이에 반가움과 의심과 난처함이 뒤엉켰다.

"부모님을 찾으러 왔습니다!"

참다못한 노을 입에서 튀어나온 말이었다.

남자가 이맛살을 구겼다.

"어디서 왔느냐니깐 뜬금없이 부모님은 또 뭐야?"

하지만 여인은 잔뜩 기대에 찬 눈빛으로 다시 물었다.

"부모님 성함이 어떻게 되나요?"

노을이 엄마 아빠 이름을 또박또박 발음했다.

"역시 맞았어! 역시 닮았어!"

여인이 노을의 손을 덥석 쥐었다.

"예? 우리 부모님을 아십니까?"

노을은 얼떨떨해 목소리까지 떨었다.

"알다마다요. 자, 여기서 이럴 게 아니라 집으로 갑시다. 여보, 오늘은 행운이 겹치는 날인가 봐요."

여인이 함박웃음을 지으며 남자를 올려다봤다. 남자는 무슨 영문인지 몰라 입맛만 다시다 노을을 향해 물었다.

"교복에 달린 교표를 보니 항공학교 학생이군."

여인이 노을 대신 대답했다.

"항주라면 제가 훈련한 곳이에요."

여인이 옷소매를 잡아당기자 남자가 마지못해 손을 내밀었다.

"난 이상정이라고 하오. 무슨 영문인지는 집에 가서 아내에게 차차 들어 봅시다."

노을과 상정이 악수하는 모습을 지켜보던 기옥이 물었다.

"그런데 중국인이 아니라니요? 절 중국 여자로 알고 계셨나요?"

노을이 뒤통수를 긁적이며 피식 웃었다.

"예, 뭐 누나가 하는 일이 다 그렇죠."

그 말에 기옥의 눈이 다시 한번 반짝였다.

"지금 누나라고 했죠? 누나 있는 거 맞죠?"

상정이 아내의 팔을 끌었다.

"자, 길거리에서는 이쯤 하고 얼른 집으로 가서 자초지종이나 들려줘. 말마다 모르는 소리를 해 대니, 나 원 참."

기옥이 말머리를 돌렸다.

"여보, 시장에 들렀다 가는 게 어때요? 집이 한참 동안 비어서 먹을 게 아무것도 없을 거예요."

기옥의 제안에 상정은 순순히 그러자고 했다.

"만두랑 청경채랑 돼지고기 조림 사요. 아, 석방 기념 술도 한잔 해야겠죠?"

기옥은 뭐가 그리 신이 나는지 노을과 남편을 번갈아 보면서 연신 웃어 댔다. 노을은 어깨를 나란히 하고 걷는 두 사람을 뒤따르며 속으로 중얼거렸다.

'부부 맞군.'

노을은 따스한 미소를 나누는 두 사람을 보자 엄마 아빠가 생각났다. 유치한 부부싸움도 곧잘 했지만, 서로를 향한 눈길에는 항상 다정함이 어렸던 두 분이었다.

앞서가던 기옥이 뒤를 돌아보았다.

"이리로 와서 같이 가요."

부부는 노을을 가운데 놓고 걷기 시작했다. 상정은 그새 경계심

을 풀었는지 노을을 편하게 대했다. 아내가 환대하는 손님은 믿을
수 있다는 신뢰감이 느껴졌다.

세 사람은 시장에 들러 장을 본 후 기옥이 사는 동네로 접어들
었다. 골목엔 오래된 기와집들이 늘어서 있었다. 어깨를 맞대고 기
대선 담장에 석양이 빗겨 들었다. 평화로운 풍경에 고풍스러움이
짙게 배었다. 노을은 한때 중국의 수도였던 도시의 풍광을 천천히
감상했다.

지난 탐사 때는 현계옥과 작전을 수행하느라 상해라는 대도시
의 풍광을 즐길 여유가 없었다. 오롯이 무기를 수송하는 임무에 몰
두했다. 지금은 사정이 조금 달랐다. 짤방 주인공의 진짜 국적을
확인했다. 원정대 탐사의 중요한 임무를 달성한 셈이다. 거기다 짤
방의 주인공이 부모님을 안다며 자신을 집에까지 초대했다. 이제
곧 엄마 아빠 행방을 들을 수 있으리라. 생각만 해도 구름 위를 걷
는 것처럼 행복했다.

"저기 끝에 있는 집이오."

상정이 가리키는 곳에 아담한 기와집 한 채가 서 있었다. 기옥
이 양해를 구했다.

"한동안 비워 놓아서 먼지가 많을 거예요. 이해하세요."

"마당에 쥐구멍 꽤 생겼겠는걸."

상정이 농담처럼 피식 웃었다. 기옥도 놀라는 척 눈을 홉떴다.

"어머! 내일 당장 쥐 소탕 작전을 벌여야겠어요."

부부는 주거니 받거니 농담을 즐겼다.

"가만있자, 여보! 우리가 감방 생활 얼마나 했지?"

상정이 묻자 기옥이 손을 꼽았다.

"음, 한 여덟 달 되는 거 같아요. 지난해 여름에 붙잡혀 갔으니까."

"오, 8개월이라! 난 세월이 그렇게나 흐른 걸 체감하지 못했는데?"

"그거야 당신이 워낙 감옥 체질이라 그런 거고요. 난 죽을 맛이었어요."

기옥이 눈을 흘기자 상정이 너스레를 떨었다.

"이거 이거 왜 이러시나! 멀쩡한 대구 갑부집 장남을 어디에 취직시켜?"

"아유! 그 양반 타령! 예, 예. 알아모십죠."

상정은 입을 비죽 내미는 아내가 귀엽다는 듯 허리에 팔을 감았다. 노을이 한 발 뒤에서 다 보는데도 상관없다는 투였다.

'꼭 어린애들 같아. 순진하달까, 순수하달까.'

노을이 보기에 부부는 철이 없어 용감한 아이들 같았다. 불순물이 섞이지 않은 배짱과 배포가 세상 물정 모르는 이상주의자들의 패기 같았다. 배포와 배짱이라면 여기도 한 명 추가요, 할 노을이었다. 하지만 억울한 누명으로 8개월 수감 생활을 했다는 두 사람은 그늘 한 점 없이 생생했다. 다만 피곤한 기색만 역력했다. 노을은 생각했다. 자신도 과연 아무 죄 없이 감옥에서 여덟 달이나 고

생하고 나와도 저렇게 가벼운 발걸음으로 동네 골목길로 접어들 수 있을까, 하고 말이다.

상정과 기옥은 서로를 쿡쿡 찌르며 장난치다 문득 뒤를 돌아보았다.

"미안해요. 손님 모시고 집에 간다는 걸 잠깐 깜빡했지 뭐야."

기옥이 무안한 표정으로 싱긋 웃자 노을이 상관없다고 대답했다.

'우리 엄마 아빠 소식만 알 수 있다면야 두 분의 낯간지러운 애정 행각쯤은 감수해야죠.'

노을이 저 혼자 생각에 피식 웃자 기옥이 궁금하다는 듯 눈썹을 꿈틀거렸다. 이렇게 세 사람은 도심의 긴긴 골목길을 따라 걸었다.

대문에 가까워져 오자 상정이 웃음을 거두었다.

"그사이 도둑이나 들지 않았을까 걱정인걸."

상정은 두 사람보다 한발 앞서 대문 안으로 들어섰다.

"친구들이 가끔 들여다봤다니까 별일 있겠어요?"

기옥은 남편의 근심을 덜어 줄 요량인지 부드럽게 말했다.

집 안은 뽀얀 먼지가 내려앉아 시간이 멈춘 것처럼 보였다. 부부는 창문을 열고 청소를 시작했다. 멀뚱히 서 있던 노을도 상정의 부탁으로 이불과 베개를 마당으로 들고 나가 팡팡 털었다. 기옥은 차갑게 식은 아궁이에 불을 지피고 밥을 지었다. 대충 갈무리가 끝나고 세 사람이 식탁에 둘러앉은 시각이 저녁 8시였다.

"만두는 다 팔려서 못 사 왔지만 대신 이 절임 무는 독에서 오래

익혔더니 맛이 괜찮네요."

기옥과 상정은 서로를 도와 가며 식탁을 차렸다. 치파오 차림의 상정도 거리낌 없이 부엌을 드나들며 밥을 짓고 반찬을 날랐다. 노을은 탁자 위에 놓인 쌀밥과 절임 무, 청경채 볶음, 돼지고기 조림을 내려다보았다. 조금 전 시장에서 산 채소와 돼지고기가 근사한 요리로 변신해 김을 무럭무럭 올렸다.

"와, 정말 먹음직스럽네요. 잘 먹겠습니다."

노을이 기다란 중국식 젓가락을 들고 밥을 먹기 시작했다. 상해에서 지낸 경험이 노을을 이 시대에 자연스럽게 녹아들도록 만든 모양이었다.

식사가 끝나고 상정이 녹차 잔을 노을 앞에 놓아주었다.

"어쩌다가 옥살이를 하시게 된 거예요?"

노을은 밥을 먹는 내내 부모의 행방을 알려 달라는 말이 목구멍에 걸린 것처럼 느꼈다. 당장이라도 엄마 아빠가 계신 곳을 가르쳐 달라고 조르고 싶었다. 하지만 이미 날은 어두워졌고 당장 주소를 가르쳐 준다 한들 찾아 나서기도 애매했다. 아니 그보다 노을이 일어서면 부부가 데려다준다며 뒤따라 일어설 것만 같았다. 오늘 처음 만난 사람들이지만 어쩐지 그들은 그렇게 해 줄 것만 같았다.

식사를 마친 부부의 얼굴에는 피로가 두껍게 내려앉았다. 그런 이들한테 당장 내 부모의 행방을 대라고 채근하는 건 예의가 아닌 듯했다. 노을은 이들의 사정부터 들으며 자연스럽게 부모 이야기 쪽으로 대화를 풀어 나가는 게 맞겠다 싶었다.

기옥이 찻잔을 내려놓으며 말문을 열었다.

"일본 스파이 혐의로 중국 경찰에 체포되었어요. 그게 벌써 작년 여름이네요."

노을이 이해할 수 없다며 물었다.

"일본 스파이요? 아까 식사하실 때 일본 지상군에게 기관총을 퍼부어 중국 정부로부터 무공훈장을 받으셨다고 하지 않으셨나요? 그런 분한테 갑자기 간첩 혐의라뇨?"

상정이 아내 대신 괘씸해라 했다.

"무공훈장뿐이오? 재작년에는 송미령 부위원장이 기획한 선전비행에 선전비행사로 뽑히기도 했다오. 일본군의 기습 공격으로 무기한 연기되는 바람에 선전비행 자체가 무산되기는 했지만, 조선인 국적으로 유일하게 기옥이 비행사로 위촉되었죠. 참, 노을 군도 국민당 항공위원회 부위원장 송미령 여사에 대해 들어 본 적 있지요?"

노을은 갑작스러운 질문에 당연히 알죠, 하며 얼버무렸다. 그와 동시에 카이의 목소리가 귓가에 울렸다.

"송미령, 중국어 발음으로 쑹메이링입니다. 1897년 3월 5일 상해에서 태어나 2003년 10월 23일 미국에서 사망했습니다. 송미령은 현재 국민당 총통인 장개석, 즉 장제스의 부인입니다. 남편 못지않은 권력자로 일제와 맞서 싸우는 데 앞장선 여장부로 기록되어 있습니다."

노을은 조그맣게 고개를 끄덕이더니 기옥을 향해 물었다.

"정말 이해가 안 가네요. 장제스 총통 부인이 신임하는 비행사를 갑자기 일본의 밀정으로 둔갑시키다니요."

상정은 아내를 돌아보며 미간을 찌푸렸다.

"나라 잃은 국민이 타향에서 받는 설움이란 게 그런 것 아니겠소."

기옥은 고개를 내저었다. 겉으로는 별일 아닌 척했으나 쓴웃음 위로 배신감과 자괴감이 스며 나오는 것까지 감추지는 못했다.

"중국인들은 항상 이러죠. 조선은 일찌감치 일본의 식민지가 되었으니 조선인들도 반은 일본인이라고. 자기들처럼 일본 제국주의 침략에 대항해 싸우지 않고 가만히 손 놓고 있다 나라를 빼앗겼다고 말이에요. 그래서 조선 사람 중에는 일본에 충성하는 반역자, 배신자가 많을 거라고 수군거리고 손가락질해요."

기옥의 말에 노을은 가슴을 칼로 긋는 것 같았다. 의열단의 과감하고 위력적인 독립투쟁에 대해 알려진 바가 없단 말인가. 지금이 1937년이면 현계옥이 작전을 벌인 지 10년이나 흐른 시점이다.

'그렇담 계옥 누님의 작전이 실패로 돌아갔다는 뜻인가? 아니야. 만약 그 작전이 수포로 돌아갔다 해도 그 이후에도 일제를 향

한 공격은 끊임없이 시도되고 이어졌을 거야. 그런데 왜 이런 평가를 받아야 하지?'

노을이 골똘히 생각에 잠긴 사이 기옥이 한마디 덧붙였다.

"물론 모든 중국 사람들이 다 그렇다는 건 아니지만⋯."

노을이 입을 열었다.

"무슨 말씀이세요. 약산 단장님이 이끄는 의열단만 해도 중국 언론 매체에서 존경을 표하는 기사가 줄을 이을 정도인데요."

기옥이 머리를 갸우뚱했다.

"노을 군이 의열단을 안단 말이에요?"

"알다마다요. 제가 폭탄 운반 작전도 함께한⋯."

순간 노을의 귓가에 삑 하고 경고음이 울렸다. 고막을 찢을 듯 커다란 소리가 노을 머릿속을 울려 댔다. 노을은 저도 모르게 손을 오른 귀에 갔다.

"노을 도련님, 그 일은 1923년 2월에 발생한 일입니다. 지금부터 10년 시간 차가 있습니다. 이분들에게 10년 전이면 노을 도련님은 꼬꼬마 나이일 거고요."

노을 낯빛에 당황한 기색이 역력했다. 기옥은 그런 노을을 빤히 보며 눈을 깜빡거렸다. 뒤에 이어질 말을 계속 기다린다는 무언의 표시 같았다.

"아, 그러니까 제 말은⋯, 의열단 활약은 코흘리개 아이도 다 알 정도로 유명한데 왜 조선인들에게 그런 굴욕적인 오명을 씌우느냐 이 뜻입니다.”

노을이 둘러대느라 진땀을 빼는데 기옥이 빙그레 웃었다.

“나라 잃은 설움, 식민 백성의 비애지요.”

상정이 살짝 의심을 드러냈다.

“의열단에서 활약한 이력이 있소?”

노을이 두 손을 흔들며 펄쩍 뛰었다.

“활약이라뇨. 제가 감히 그럴 깜냥이나 되나요. 여기저기서 주워들은 모험담을 제 일인 양 떠들고 다닌다는 것이 그만….”

노을이 뒷덜미에 배인 식은땀을 감추고 큰소리치는데 대문 밖에서 웅성거리는 소리가 났다. 부부는 순간 긴장하며 경계심을 보였다. 노을도 덩달아 마당 쪽을 바라봤다.

“어이! 여보게, 상정이! 우리 왔네.”

익숙한 조선말이 대문을 넘어왔다.

“앗, 동지들이다!”

기옥이 벌떡 일어나 밖으로 달려 나갔다. 곧이어 손님 둘이 기옥을 따라 들어왔다. 멋들어진 양복을 갖춰 입은 신사들이었다. 상정이 반색하며 악수를 했다.

“자네 부부가 석방되었다는 소식을 좀 전에야 들었지 뭔가.”

“그러게 말이야. 아침에 알았으면 마중 갔을 텐데. 둘 다 어디 아픈 데는 없고?”

하얀 맥고모자를 쓴 신사와 지팡이를 든 신사가 번갈아 말했다.

상정이 굳게 잡은 손을 흔들며 인사를 건넸다.

"자네들이 백방으로 애써 준 덕분에 무혐의 처리 받았네. 고마우이."

"우리가 한 게 뭐 있나. 조선민족혁명당 동지들과 중국 정부에 있는 친구들이 뛰어다닌 덕분이지."

지팡이 신사가 손사래를 치는데 맥고모자 신사가 주먹을 부르쥐었다.

"여덟 달이 넘게 억울한 옥고를 치렀으니 이 얼마나 분통 터질 노릇인가."

그러면서 힐끗 노을을 돌아보았다. 낯선 이 앞에서 함부로 말을 꺼낸 게 아닌가 하는 기색이었다.

"그런데 이 청년은 누구신가? 처음 보는데?"

지팡이 손님도 노을에게 눈길을 옮겼다.

"아, 인사하세요. 제가 예전에 신세 진 스승님 자제입니다."

노을은 토끼 눈으로 기옥을 쳐다보았다. 방금 기옥의 입에서 '신세를 진 스승님'이란 단어가 흘러나왔기 때문이다.

'엄마 아빠가 권기옥 비행사를 가르친 선생님이셨다고?'

짐작조차 되지 않은 수수께끼에 노을의 조바심이 다시 일었다.

"아, 그런가? 그렇담 우리 통성명이나 합시다. 난 조선민족혁명당 오태준 간사라 하오."

"난 같은 당 소속 조성규 당원이오."

맥고모자와 지팡이 신사가 각자 이름을 말했다. 노을도 이름을 말하고 악수를 했다.

"자자, 어서들 앉게. 할 얘기가 산더미처럼 쌓였어."

상정은 타향에서 고향 친구를 마주친 사람처럼 들떴다. 곁에서 지켜보니 그는 화통하고 쾌활한 성격의 소유자였다. 부리부리한 눈은 반짝반짝 빛났는데 그 안에는 누구도 거스를 수 없는 매력이 담겨 있었다. 혼자 있기보다는 여럿이서 일을 도모할 때 기운을 얻는 타입이 분명했다. 집으로 찾아온 동지들을 맞이할 때부터 뿜어져 나오는 생기는 곁에 앉은 노을과 기옥까지 흥겹게 만들었다. 기옥이 얼른 술과 안주를 내왔다.

"노을 청년, 자네도 한 잔 받게."

오태준이 독한 고량주 잔을 노을에게 권했다. 노을이 손사래를 치며 물러앉았다.

"아닙니다. 저는 아직 미성년이라 술은 못 합니다."

"미성년? 아직 어른이 아니란 뜻인가? 올해 몇 살인데?"

"열일곱입니다."

노을 대답에 세 남자가 황당해했다.

"어허! 사내대장부가 열일곱이면 어른인데 아직 술을 못 마셔봤다고? 예끼, 이 사람아! 난 자네 나이에 장가를 들었구먼."

"장가라면 결혼 말씀이신가요?"

노을이 정색하고 묻자 조성규가 노을의 어깨를 치며 껄껄거렸다.

"시치미 떼긴. 자네도 고향에 점 찍어 둔 처자가 하나쯤은 있을 거 아니야."

오태준이 짓궂은 농담으로 거들었다.

"얌전한 고양이가 부뚜막에 먼저 올라간다고. 누가 아나. 남몰래 색싯감이랑 정혼하고 왔을지."

노을은 뭘 어떻게 대답해야 할지 몰라 꿔다 놓은 보릿자루처럼 멍하니 있었다. 새로 만든 청경채 볶음 접시를 들고 오던 기옥이 노을을 향해 눈을 찡긋했다.

"아유, 어린 사람 두고 장난 좀 그만 치세요. 노을 군 고향에서는 열일곱에 장가들지 않아요."

그 말에 노을이 더더욱 멍청한 표정이 되었다.

'고향? 이건 또 무슨 말이지? 기옥이 프록시마에 대해 알고 있단 말인가?'

노을은 궁금해 미칠 지경이었다.

"정 군 고향이 어딘데 다 큰 사내를 장가 안 보낸대?"

오태준이 고량주로 붉어진 얼굴을 들이밀었다.

노을이 어색하게 입꼬리를 올렸다. 누가 봐도 썩은 미소였다.

"고향이 어디길래 다 큰 총각을 몽달귀신 만드냐고! 그런 삼강오륜을 저버린 동네가 어디야, 대체!"

오태준은 고량주 석 잔에 벌써 취한 모양이었다. 자기가 화낼 이유도 없건만 탁자까지 내리치며 흥분했다. 취객이 주사를 부리느라 말꼬리를 높이는데 밖에서 소리가 들렸다.

"형님! 형님!"

상정이 벌떡 일어섰다. 기옥도 놀란 눈으로 남편을 따라 나갔다. 노을 역시 뜻밖의 손님이 난처한 상황을 타개해 줄 것 같은 기대감이 솟았다. 밖에서 흥분에 들뜬 이상정의 목소리가 들렸다.

"상화야! 너 오는구나!"

노을 귀가 번쩍 뜨였다.

'상화? 두 번째 짤방에 나오는 그 저항 시인 이상화? 설마!'

노을이 호기심 어린 눈으로 문을 바라보는데 밖에서 떠들썩하게 인사를 나누는 소리가 들렸다.

"형님! 형수님! 몸은 좀 어떠세요?"

"우리야 별일 있니? 네가 이 먼 곳까지 오느라 고생 많았지. 그래 고향 부모님과 식구들은 모두 무탈하시고?"

거실에 남은 세 손님이 멀뚱히 문 쪽을 바라보는데 어깨동무를 한 상정, 상화, 기옥이 한꺼번에 들어왔다. 권기옥이 가운데서 남자 둘의 어깨에 팔을 얹은 채였다. 노을이 보았던 두 번째 짤방 사진과 똑같은 구도였다. 노을은 그 모습이 신기하면서도 재미있었다.

'저 세 사람은 어깨동무하는 게 버릇인가 봐.'

"어이쿠, 이게 누구신가? 유명 시인 이상화 군 아닌가!"

오태준과 조성규도 일어나 반갑게 맞았다. 노을은 이들을 따라 엉거주춤하게 일어서다 두 눈을 커다랗게 떴다. 누나 마린이 이상화 뒤를 따라 집 안으로 들어오는 게 아닌가. 노을은 하마터면 누나 소리가 튀어나올 뻔한 걸 간신히 삼켜 넘겼다. 집 안으로 들어서던 마린도 노을을 발견하곤 우뚝 멈추어 섰다.

"형수님, 여기 손님 한 분 모셔 왔어요."

이상화가 뒤에 선 마린의 팔을 이끌어 거실 한가운데 세웠다.

"안녕하세요. 권기옥 비행사님을 취재하러 온 정마린 기자입니다."

마린은 노을은 본체만체 기옥에게 다가가 명함을 내밀었다.

"삼천리 잡지 기자시군요?"

기옥이 명함을 들여다보았다.

"형수님, 조선 최초의 여류 비행사를 직접 대담 취재하려고 이 먼 곳까지 달려온 분이니 잘 좀 대접해 주세요."

이상화가 만면에 미소를 지으며 마린을 소개했다. 노을은 가늘게 뜬 실눈으로 마린을 쳐다보았다.

'뭐야. 그새 이상화 시인까지 접수했군. 도대체 어디서? 아! 열차 안에서 만났구나.'

노을은 자신만큼이나 좋은 운을 누리는 누나에게 살짝 질투가 났다. 물론 본심은 누나가 이번만큼은 시공간 오류 없이 무사히 타임 슬립을 했다는 사실에 안도한 것이지만.

마린은 동생을 옆눈으로 보는 듯했지만 이내 모른 척했다.

키 낮은 양옥집이 오래간만에 떠들썩해졌다. 주인을 떠나보내고 폐가처럼 웅크리고 있던 집이 기지개를 켜는 것 같았다. 권기옥 부부를 찾아온 친구들 덕분이었다.

인연을 만드는 법

네 남자는 기어이 고량주 세 병을 비워 냈다. 기옥이 말렸으나 술꾼들은 브레이크 없는 경주차처럼 경쟁하듯 마셔 댔다. 그리고 누가 먼저랄 것도 없이 여기저기 구석에 쓰러져 잠이 들었다. 끝까지 술잔을 거부한 노을만 살아남아 탁자 반대편에 마주 앉은 두 여자를 건너다보는 중이었다.

기옥이 입을 가리고 하품을 했다. 안경을 살짝 들어 졸음이 내려앉은 눈을 비비기도 했다. 마린이 기옥의 얼굴을 들여다보며 권유했다.

"오늘은 매우 피곤하실 텐데 이만 쉬시고 내일 아침에 하시는 게 어때요?"

기옥의 눈 밑에는 짙은 그림자가 내려앉아 있었다. 술 마시며 놀고 떠들 때는 보이지 않던 피로의 흔적이었다.

"아니요. 지금 합시다. 저 참견쟁이들이 곯아떨어진 지금이 우리끼리 얘기 나눌 최적의 시간이에요."

기옥은 마린과 노을을 차례로 쳐다보며 빙긋 웃었다. 정신력으로 육체의 한계를 이기는 버릇이 몸에 밴 사람 같았다. 기옥이 마린과 노을을 번갈아 보더니, 눈썹을 찡그렸다.

"혹시 두 사람 서로 아는 사이에요?"

그 말에 오누이는 가슴이 철렁했다. 기옥의 집에서 맞부딪친 후로 마린과 노을은 서로에게 눈길조차 주지 않았다. 행여 오누이라는 게 밝혀지면 얘기가 복잡해질 게 뻔했다. 노을은 남자들 사이에 섞여 조선 독립과 의열투쟁, 임시정부의 앞날 등에 관해 토론을 벌였다. 그사이 마린은 방에서 기옥이 차려 준 밥상을 받았다. 늦은 저녁상이었다. 그 때문에 오누이는 서로에게 말 한마디 건넬 틈조차 없었다. 그런데 네 남자가 잠든 사이를 틈타 기옥이 물어온 것이다.

"저희요? 저희는 오늘 처음….."

마린이 손사래를 치며 잡아떼려는 찰나 노을이 끼어들었다.

"남매 사이입니다. 누나가 저보다 두 살 많아요."

노을이 시원하게 내뱉자 마린 입이 딱 벌어졌다.

"야, 너 뭐야!"

마린이 엉뚱한 말이 튀어나온 자기 입을 틀어막았다.

기옥이 그러지 말라는 손짓을 했다.

"아까 마린 씨가 집 안으로 들어올 때부터 눈치채고 있었어요. 노을 군과 인연이 있다는 걸요."

"어떻게요?"

마린이 묻자 기옥이 오누이를 쳐다보았다.

"두 사람 사이에 흐르는 주파수가 똑같았거든요."

마린과 노을이 동시에 물었다.

"주파수요?"

"응, 뭐 과학적으로 증명할 수는 없지만, 왠지 형제 사이에는 같은 주파수가 나오는 거 같아요. 우리 남편과 시동생만 봐도 그렇거든요. 아무리 오래 혹은 멀리 떨어져 있어도 피붙이는 만나는 순간 주파수가 맞아 전파가 흐르는 것 같아요. 나는 상정 씨 아내지만 각각 다른 주파수를 뿜어내고 서로 주파수에 맞추려고 노력해야 하죠. 그렇지만 상정 씨와 상화 씨는 그저 가만히 있어도 뭔가 하나로 묶이는 자기장이 형성된다고나 할까. 뭐, 이건 순전히 개인적인 느낌이지만 말이에요."

기옥은 자신에 찬 미소를 지었다.

"같은 주파수라, 일리 있는 가설이네요."

노을은 연금술사에게 설득된 국왕처럼 입맛을 다셨다. 반면 마린은 큰 위기감을 느끼고 있었다.

'주파수고 뭐고 이러다 프록시마에서 타임 슬립 한 것까지 알아챌 태세군.'

마린은 속이 새카맣게 타들어 갔지만 내색할 수 없었다. 노을은 믿는 구석이 있는 사람처럼 여유만만한 태도로 기옥과 대화를 나눴다. 마린은 태평한 동생의 옆모습에 복장이 터졌다. 기옥은 마린이 안절부절못하는 걸 지켜보다 말했다.

"너무 긴장할 거 없어요. 지금부터 내가 하는 얘기 다 듣고 나면 모든 두려움이 사라질 거에요."

마린의 마음속에 들어와 본 것 같은 말투였다. 그녀의 차분하고 여유로운 분위기는 오누이의 애타는 불안감을 압도했다. 마린은 망부석처럼 입을 꾹 다물었다. 노을이 어색하게 경직된 누나 대신 재촉했다.

"비행사님, 어서 말씀해 주세요. 우리 부모님을 어떻게 아시게 된 겁니까?"

"글쎄, 어디서부터 얘기를 꺼내야 할까…."

망설이던 기옥이 아 참, 하며 자리에서 일어섰다. 그녀는 거실 벽장 서랍에서 손바닥만 한 사진 한 장을 꺼냈다. 사진은 귀퉁이가 낡은 흑백사진이었다. 사진을 건네받은 오누이가 짧지만 강렬한 탄성을 내질렀다.

"엄마!"

"아빠!"

사진은 운남육군항공학교 정문 앞에서 찍은 것이었다. 기옥이 부부 사이에 끼어 환하게 웃고 있었다.

마린과 노을은 엄마 아빠의 모습이 선명한 사진을 나눠 들고 어찌할 줄을 몰랐다. 사진을 든 손들이 바들바들 떨렸다. 얼마나 보고 싶었던 얼굴들인가. 비록 흑백사진이지만 건강한 모습으로 카메라 이쪽을 보고 미소를 짓고 있는 부모의 모습에 오누이는 금세 눈가가 발개졌다.

"누나, 우리 엄마 아빠 맞지?"

노을이 꾹 다문 입술 사이로 간신히 한마디 뱉어 냈다. 마린이 고개를 연거푸 끄덕였다.

"엄마 아빠 맞아. 틀림없이 엄마랑 아빠야."

마린은 목이 메어 간신히 대답하고 기옥을 바라봤다.

"우리 부모님을 어떻게 아세요?"

기옥이 되물었다.

"얼마 만에 보는 거예요? 부모님 모습?"

노을이 손을 꼽더니 대답했다.

"지구력으로 따지면 3년이 훌쩍 넘었어요."

그 말에 기옥이 커다랗게 한숨을 내쉬었다.

"행방을 몰라 얼마나 속을 태웠을까? 나도 고향에 계신 부모님 소식을 들은 지 5년이 넘었다오. 여러분 마음을 헤아리고도 남지요."

기옥은 조선에 있는 부모 형제 안부가 궁금해 밤잠을 설친 날이 무수하다고 덧붙였다.

"편지를 보내시진 않았나요?"

마린이 안타깝다는 듯 묻자 기옥이 머리를 저었다.

"난 예전이나 지금이나 불령선인 중 대표주자 격이에요. 내가 있는 곳 주소 혹은 내 소식이 고향 부모님 집에 간다면 우리 가족이 고난을 겪게 되어요. 인편으로 남몰래 몇 마디 안부나 묻는다면 모를까."

기옥이 먼산바라기 하듯 어두컴컴한 창밖을 내다보았다. 멀고 먼 고향과 가족을 그리는 눈매였다.

"자, 내 이야기는 그만하고 여러분이 궁금해하는 사정이나 풀어봅시다."

기옥은 다 식은 찻잔을 들어 입술을 적셨다. 오누이는 잔뜩 기대에 찬 표정으로 돌아와 기옥에게 집중했다. 기옥은 이야기를 어디서부터 풀어나가야 할지 가늠하는 분위기였다. 그녀는 과거로 여행을 떠난 시간 여행자 같은 표정을 지었다. 몸은 여기 있지만, 마음은 이미 시간을 거슬러 어느 곳에 닿은 듯했다.

노란 페인트로 단장한 서양식 벽돌 건물 정면에 붉은 현수막이 걸렸다.

운남육군항공학교 제1기 졸업식

금색으로 휘황찬란하게 쓰인 글자가 커다란 현수막을 가득 채

우고 있었다. 그 아래로 중국 전통의 붉은 천 장식이 창가마다 매달려 바람에 흔들거렸다. 누가 봐도 떠들썩한 잔칫날 분위기였다. 정교한 철제 장식으로 만든 정문 안으로 축하객들이 줄지어 들어갔다. 학교 안 강당에서는 이미 졸업식이 한창이었다.

사회자가 마이크에 대고 큰소리로 호명했다.

"장내에 계신 내외빈 여러분! 소개하겠습니다. 여성으로 유일한 졸업생이자 비행사 자격증을 획득한 인재입니다. 권기옥 학생 나오십시오."

강당 안에 울려 퍼지는 권기옥이란 이름 석 자는 축하객들 사이에서 터져 나오는 박수 소리에 묻혀 들었다. 권기옥이 단상으로 오르자 사회자가 다시 한번 안내했다.

"권기옥 학생의 졸업장과 비행사 자격증은 정대양 비행 교관과 고아라 항공 정비 담당 교수께서 수여하겠습니다."

그 소리에 단상 뒷자리에 앉아 있던 정대양과 고아라 부부가 천천히 일어났다. 두 사람은 비행사 제복 매무새를 가다듬고 단상 앞에 섰다.

"위 학생은 우수한 성적과 발군의 비행 실력으로 타의 모범이 되는바 이에 졸업장과 자격증을 수여합니다."

정대양이 뿌듯한 미소와 함께 두 장의 증명서를 내밀었다. 앞에 서 있던 권기옥은 거수경례로 답례를 한 후 절도 있는 동작으로 졸업장과 자격증을 받아 들었다. 곁에 서 있던 고아라 교수가 미리 준비해 온 꽃목걸이를 기옥의 목에 걸어 주었다.

　가슴 벅찬 졸업식이 끝나고 기옥이 기숙사 방으로 돌아왔다.

　"드디어 나도 비행사가 되었구나."

　책상 앞에 앉은 기옥은 만감이 교차하는 설렘에 휩싸였다. 그간 비행사가 되기 위해 뛰어넘었던 고비들이 주마등처럼 스쳤다. 연거푸 입학 불가 혹은 거절 회신을 받으며 실망했던 나날들, 일본 스파이들과 아슬아슬한 숨바꼭질을 하며 학업을 지속했던 일들, 같은 조선인이 일본 밀정으로 매수되어 기옥의 목숨을 앗아 가려 접근했던 사건까지, 말 그대로 파란만장한 몇 년이었다. 그녀는 책상 위에 비행사 자격증과 항공학교 졸업장을 나란히 펼쳐놓았다. 들여다볼수록 꿈만 같았다. 3년제인 항공학교 학제를 단 1년 3개월 만에 마치고 1기 졸업생이 된 기옥이다. 그녀의 나이 겨우 스물다섯이었다. 스스로 해낸 일이지만 스스로 생각해도 대견하기 이를 데 없었다.

　기옥은 재학 시절 내내 일제의 감시와 살해 협박에 시달렸다. 학교에서는 특별히 여학생용 기숙사를 따로 마련해 주었다. 그녀는 기숙사 방에 숨어 지내다시피 했다. 교문 밖으로 나가는 즉시 일제 밀정들에게 뒤를 밟히게 되어 있었다. 일제의 만행은 염탐 짓거리로 끝나지 않았다. 운남성 일본영사관에서 공문을 통해 운남성장 탕지야오에게 기옥의 암살을 예고하기까지 했다. 한 나라를 대표한다는 외교공관에서 할 수 있는 짓이 아니었다. 그러나 일제는 기옥의 전적을 이유 삼아 당당히 피살 경고를 날렸다. 탕지야오 성장은 즉시 교장에게 연락해 기옥을 철저히 보호하고 안전하게 졸업시키라는 지시를 내렸다.

기옥은 눈 하나 깜짝하지 않았다. 조선에서부터 독립운동에 적극적으로 가담한 그녀였다. 감옥에 갇혀 모진 고문을 당하기도 했다. 겨우 열일곱, 열여덟 살 앳된 소녀 시절이었다. 그 이후 10년 가까운 세월 동안 기옥은 더 강단 있고 노련한 실력을 갖춘 독립투사로 성숙했다.

일본영사관은 집요한 염탐과 감시 공작을 펼쳐 기옥을 손에 넣으려 했다. 그러나 기옥은 전혀 주눅 들지 않고 꿈을 향해 매진할 뿐이었다. 그녀는 학기가 시작된 후 입학한 탓에 동기생들보다 진도가 뒤처진 상태였다. 이를 따라잡기 위해 기숙사 방에서 두문불출 공부에 매진했다.

"어차피 나다니지 못할 바에는 공부나 실컷 해야지."

그녀에게 유일한 해방구이자 탈출구는 프랑스제 교육용 쌍엽 비행기에 몸을 싣고 비행 훈련에 나설 때뿐이었다. 기옥은 높이 떠올라 창공을 가를 때면 모든 억울함과 답답증, 우울함이 단번에 사라졌다.

'내 손발을 묶겠다고? 난 이렇게 새처럼 자유롭게 하늘을 날아다니는 사람인데?'

기옥은 교관이 운전하는 비행기 뒷자리에서 하얗게 빛나는 지평선을 바라보는 걸 좋아했다. 물론 대부분 비행 수업은 얼이 빠질 정도로 힘겨운 시간이었다. 그러나 그날 마쳐야 하는, 혹은 통과해야 하는 훈련을 마무리 짓고 착륙을 위해 저공비행을 할 때, 기옥은 살짝 마음을 풀어놓고 드넓은 대륙을 만끽하곤 했다. 그녀는 어느 누가 뭐래도 자유롭고 용감한 영혼을 지닌 여성이었다.

"조선 사람이라고 왜 못 하겠어! 여자라고 왜 못 하겠어! 나는 비행사가 되고 말 거야!"

비행 훈련을 마치고 활주로에 홀로 서서 수없이 외쳤던 말이었다.

기옥이 턱을 괸 채 추억에 잠겨 있는데 괘종시계 소리가 났다.

"댕!"

기옥이 움찔 놀라 시계를 올려다봤다. 5시 30분을 알리는 종소리였다.

"아! 맞다. 6시까지 교수님 댁에 가기로 했지."

기옥은 서둘러 기숙사를 나와 훈련 비행장 한쪽에 서 있는 작은 벽돌집으로 향했다. 거기는 정대양 부부의 관사였다.

기옥이 부지런히 발걸음을 옮기는 사이, 정 부부는 부엌에 나란히 서서 음식을 만드는 중이었다.

"새벽 시장에 나가 사 왔어요. 기옥 양 몸보신 좀 시키려고요."

고아라가 그늘에 놓아두었던 대바구니를 꺼냈다. 뚜껑을 여니 그 안에 아이 팔뚝만 한 잉어가 한 마리 누워 있었다.

"어이쿠, 이 귀한 걸! 당신 큰맘 먹었구려."

정대양이 감탄을 늘어놓으며 물고기를 꺼냈다. 잉어는 뜨겁게 달군 웍 안으로 미끄러져 들어갔다. 아궁이에서 불 기름이 솟구쳐 오르고 술, 생강, 마늘 향이 진동했다. 정대양은 능숙한 솜씨로 웍을 다뤘다. 조금 있자 각종 채소와 소스가 버무려진 잉어찜이 완성되었다.

"당신 이제 중국 사람이 다 된 거 같아."

고아라가 커다란 접시에 담기는 잉어를 들여다보았다.

"우리가 온 게 벌써 3년이 다 되어 가는데 이 정도쯤이야."

"만주로 타임 슬립 한 해가 1923년이니까, 와, 벌써 그렇게 되었네."

부부는 새삼스러운 표정으로 지난날을 회상했다. 웜홀에 휘말려 꼼짝없이 미지의 시공간으로 빨려 들어갔던 순간이 지금도 생생했다. 그런데 놓친 일이 하나 있었다. 두 사람이 시공간 왜곡 지점에 들어가는 순간, 왼쪽 가슴에 하나씩 달려 있던 위치추적기가 파란빛을 뿜어냈다. 빛은 동그란 공처럼 두 사람을 둘러쌌다. 정신을 잃은 부부는 자신들의 몸이 파란 풍선 같은 에너지 안에서 보호받았다는 사실을 인지하지 못했다. 시공간 이동에 빨려 들어간 부부는 커다란 빛 덩어리 속으로 미끄러져 들어갔다. 그러고는 순식간에 흙먼지 자욱한 벌판에 나뒹굴었다. 정대양 선장이 먼저 정신을 차렸다. 선장은 깨질 듯 아픈 머리를 움켜쥐고 주변을 두리번거렸다. 바로 옆에 모로 누워 신음하는 아내가 보였다.

"고 항해사! 고 항해사! 정신 차려!"

남편이 어깨를 잡고 흔들자 고아라가 눈을 번쩍 떴다. 선장이 아내의 얼굴을 두 손으로 감싸며 물었다.

"어때? 정신이 좀 들어?"

"여기가 어디야?"

고아라가 주변을 두리번거렸다.

"나도 모르겠어. 그런데 여기만 봐서는 옛 지구인 것 같아."

부부는 서로의 손을 꼭 잡고 동쪽 하늘이 부옇게 밝아 오는 모습을 바라보았다.

정대양이 잉어찜 접시를 식탁 한가운데 놓으며 중얼거렸다.

"상해에 가까스로 도착해서 헤매던 걸 생각하면….."

그릇과 수저를 옮기던 고아라가 남편을 돌아봤다.

"그때 기옥을 만나지 않았으면 우린 어떻게 되었을까?"

정대양이 식탁 차림을 점검하며 대답했다.

"휴, 나도 그 생각만 하면 답이 안 나와."

"아마 부랑자 소매치기한테 몰매를 맞았던가, 정신병자 취급받다 수용소에 붙들려 갔을 거야."

"충분히 가능한 얘기지."

부부가 주거니 받거니 하는데 노크하는 소리가 들렸다.

"기옥이 왔나 보다!"

고아라는 시집간 딸을 맞이하는 친정엄마처럼 반색하며 문을 열었다.

"제가 좀 늦었죠?"

기옥이 밝은 얼굴로 들어섰다. 그녀의 손에 자그마한 과일 바구니가 매달렸다.

"학생이 무슨 돈이 있다고 이런 걸 들고 다녀!"

고아라가 엄마처럼 꾸지람을 했다. 정대양이 대신 바구니를 받아 들었다.

"새벽 시장에 나가서 사다 놨어요."

기옥의 대답에 정대양이 껄껄 웃었다.

"자칫하면 두 사람이 시장 한복판에서 마주칠 뻔했군."

잉어 얘기를 들은 기옥이 활짝 웃었다.

세 사람은 푸짐하게 차려진 식탁에 둘러앉았다. 기옥이 기름기 자르르한 잉어 살점을 떼어 내며 말했다.

"저 처음 만나던 날 말씀 중이셨군요."

고아라가 그렇다고 했다.

"기옥이 임시정부 청사로 가던 중이었나 그랬을걸."

정대양이 숙주나물 볶음을 밥 위에 얹으며 머리를 내저었다.

"상해로 가면 무슨 수가 날 거라는 권유에 덜컥 기차를 탔지만, 막상 내리고 보니 막막했지."

고아라가 덧붙였다.

"무작정 상해 시내를 돌아다닌 게 생각나네. 누군가 우리에게 말을 걸어 주지 않을까 하면서."

그날 새벽, 기옥은 송강공원을 지나가는 중이었다. 공원 정문 옆에 쪼그리고 앉은 부부는 보따리를 품에 안고 있었다. 기옥이 막 두 사람 앞을 지나치는데 부부가 중얼거렸다.

"여보, 우리 아무래도 생각을 잘못한 거 같아."

"오늘까지만 다녀 보고 정 안 되겠으면 다시 돌아갑시다."

"돌아간들 무슨 뾰족한 수가 있어야 말이지."

그 소리에 기옥이 흠칫 놀라며 걸음을 멈추었다.

"혹시 조선 분들이세요?"

부부는 커다래진 눈으로 기옥을 올려다보았다.

"두 분 처음 뵈었을 때 독립운동을 하시다 망명한 지사인 줄 알았어요. 지독한 일경에 쫓겨 만주에서부터 걸어서 상해까지 도망쳐 온 독립투사."

정대양이 젓가락질을 멈추고 기옥을 흘겨봤다.

"독립운동가는 무슨. 부랑자나 거지인 줄 알았다면서."

기옥 눈에 장난기가 차올랐다.

"행색이 영락없이…, 흠흠. 그보다 두 분의 표정에서 뿜어져 나오는 비범한 기운이랄까, 색다른 세상의 냄새랄까 하여튼 뭐라고 꼬집어 말할 수는 없지만 제가 경험해 본 적 없는 무언가를 풍기셨다니까요."

기옥은 당시 비행사의 꿈을 이루려 동분서주하는 학생이었다.

평양 3·1운동의 주모자 중 하나로 투옥과 고문, 감시와 검문을 견디다 못해 중국으로 망명한 것이 1920년 스무 살 때였다. 기옥은 항공학교에 입학하기 위해 사방으로 수소문하던 끝에 항주에 있는 홍도여학교에 입학했다. 거기서 중국어와 고등학교 수준에 해당하는 교과를 배우고 다시 상해로 돌아왔다. 그게 1923년 6월이었다. 상해로 돌아온 기옥은 운전면허학원에 등록해 운전 기술을 배우고 상해 교민 학교인 인성소학교에서 아이들을 가르치기도 했다. 정대양 부부와 마주친 때는 기옥이 아침 일찍 운전학원에 가려고 송강공원 앞을 지나치던 참이었다.

"나는 기옥이 비행사가 되기 위해 항공학교를 알아보고 다닌다는 소리에 귀가 번쩍 뜨였지. 나와 내 아내라면 다른 건 몰라도 비행 기술과 정비 분야는 자신 있었거든. 고향 별로 돌아가는 문제는 차후에 해결하더라도 우선 급한 것은 먹을 것과 입을 것, 그리고 비를 피할 보금자리였으니까."

고아라가 덧붙였다.

"추천서를 가지고 있었지만, 임시정부 사무소를 찾을 수가 있었어야지. 정말이지 기옥이 아니었으면 우린 어쨌을까 싶어."

송강공원에서 마주친 부부와 기옥은 서로의 사정을 나누며 친구 사이가 되었다. 추진력 강하고 재바른 기옥이 정 부부를 임시정부 사무소로 데리고 갔다. 덕분에 임시정부 내무총장으로 있던 안창호 선생의 주선으로 정식 신분증을 마련할 수 있었다. 운남성 곤명시까지 갈 여비도 임시정부에서 마련해 주었다. 극비사항에 붙이고 있었지만, 임시정부는 한국군 항공대를 편성하기 위해 백방으로 노력하던 중이었다. 몇몇 유능한 청년을 모아 중국 내 항공훈련소 혹은 학교에 입학시킬 계획도 진행 중이었다. 도산 안창호를 통해 이 계획을 듣게 된 기옥은 정 부부를 찾아갔다.

"임정에서 한국군에서 활약할 비행 조종사를 육성한대요!"

기옥은 자신의 꿈과 일치하는 임시정부 추진안에 가슴이 부풀었다. 마주 앉아 있던 정 부부 역시 서로 눈을 마주치며 나름의 희망을 싹틔웠다. 고아라가 나지막이 중얼거렸다.

"비행 조종사뿐만 아니라 비행기를 관리하는 전문 기술자도 필요하겠군."

그 말을 들은 기옥이 당연히 그럴 거라며 맞장구쳤다. 부부는 그날부터 유럽과 중국, 일본에서 운행 중인 전투 비행기에 대한 정보를 모으기 시작했다. 물론 자료는 쉽게 구할 수 없었다. 나라별 전투기 개발은 국가의 사활을 걸 정도로 중대한 국방작전이자 국가사업이었다. 경쟁국보다 한 발이라도 앞선 기술을 확보하기 위해 벌이는 치열한 경쟁은 첩보작전을 방불케 했다. 그러니 시중에 비행기 설계도면 한 장 허투루 돌아다닐 리 없었다.

"에이, 걱정하지 마세요. 여기 상해예요. 못 구하는 물건이 없는 동양 최대의 국제도시라고요."

고아라의 근심을 들은 기옥이 손가락을 까딱했다.

"저도 앞으로 입학할 항공학교 수업을 위해 예습이 필요해요. 비행기 구조와 정비에 관한 공부라면 무엇보다도 설계 도면을 볼 줄 알아야 하는 거 아니겠어요?"

기옥은 부부를 데리고 상해 도심에 자리한 만물 시장으로 갔다. 그리고 시장 입구에서부터 유창한 중국어로 수소문을 시작했다. 미로처럼 복잡한 시장 뒷골목을 헤맨 끝에 세 사람은 어느 후미진 지하 계단 앞에 섰다. 어두컴컴한 지하로 내려가자 작은 철문 아래로 희미한 불빛이 새어 나오고 있었다. 철문 한가운데에 나무패가 붙어 있었다. 그 위에 검은 먹으로 '古書(고서), 法律書(법률서), 圖面(도면)'이라는 글자가 보였다.

고서점 주인은 비행기 설계 도면이라는 말에 손부터 내저었다.

"그런 물건은 취급 안 합니다. 불법이에요, 불법. 혹여 팔다가 걸리는 날에는 가게 문 닫는 거는 둘째치고 제 목숨이 왔다 갔다 해요."

기옥이 아무리 사정을 해도 주인은 꼼짝하지 않았다. 결국 세 사람은 아무런 수확도 없이 계단을 다시 올라왔다. 이튿날, 정대양은 홀로 고서점을 찾았다. 주인은 정대양을 보고 뜨악한 표정이었다.

"글쎄 그런 물건은 없다니… 어!"

손사래를 치던 주인 눈이 화등잔만 하게 커졌다. 정대양이 계산대 위에 호라이즌호 선장 배지를 올려놓았기 때문이다. 배지는 프록시마 첨단과학 기술이 탑재된 스마트 기기는 아니었다. 계급과

직위를 나타내는 합금 티타늄 이름표였다. 그러나 정대양에게는 자부심이자 정체성의 상징이었다. 그는 어제 탐욕에 번들거리는 장사치의 눈빛을 읽었다. 돈 몇 푼에 내줄 물건이 아니라는 무언의 신호를 정대양만 알아챈 것이다.

"이, 이건 어느 나라 해군 장성 메달이오?"

장사치가 뱀의 혀처럼 손을 뻗었다. 정대양이 얼른 배지를 낚아채 손에 꼭 쥐었다.

"내일까지 독일, 영국, 이탈리아, 일본, 미국의 공군 전투기 설계 도면 중 가능한 대로 구해 놓으면 가르쳐 주리다."

중국인 주인은 너구리 같은 눈을 치켜뜨며 입맛을 쩝 다셨다.

이튿날, 고서점 상인이 내준 설계도면은 이탈리아와 영국, 두 나라의 쌍엽비행기 설계 도면이었다.

"이건 덤으로 드리는 것이니 남들 안 보이게 잘 간수하슈."

정대양에게 배지를 받아 든 주인이 작은 책자 하나를 설계도면 위에 얹었다. 책은 비행기 엔진에 대한 기본설명서였다.

그날 저녁, 부부와 기옥은 머리를 맞대고 앉아 정대양이 구해 온 자료들을 살피기 시작했다. 기옥과 고아라는 공부하는 도중 정대양을 힐끔거렸다. 이 귀한 자료를 어떻게 구했는지 묻고 싶은 마음은 굴뚝 같았으나 함부로 입을 떼지 못하는 표정들이었다. 부부는 단 이틀 만에 쌍엽비행기의 구조와 특징, 비행 기술 등을 파악해 냈다. 정대양과 고아라에게 쌍엽비행기는 고대 유물이나 마찬

가지였다. 은하계를 넘나드는 호라이즌호에 비하면 20세기 초 전투 비행기는 장난감 모형처럼 단순하기 이를 데 없는 물건이었다. 이런 사정을 알 리 없는 기옥은 부부의 뛰어난 학습 능력에 혀를 내둘렀다.

"두 분은 지금이라도 당장 항공학교 교수진으로 초빙되어도 되겠어요."

부부는 빙그레 웃으며 기옥의 어깨를 두드렸다.

"우리가 중요한 게 아니라 기옥 양이 얼른 입학할 학교가 정해져야 할 텐데 말이다."

고아라의 말에 기옥이 가슴을 빼기며 허세를 떨었다.

"걱정하지 마세요. 저처럼 유능한 인재를 알아보는 학교가 분명 있을 테니까요."

이튿날, 부부는 임시정부 요인들 앞에서 자신들이 보유한 지식을 선보였다. 안창호를 비롯한 국무위원들은 그 자리에서 당장 교수직 추천장을 써 주었다. 그러면서 이렇게 부탁했다.

"이 모두가 우리 조선을 지킬 공군 청년들을 위한 구상 아니겠소. 기왕이면 같은 학교에서 조선 선생이 조선 학생들을 챙기고 가르친다면 얼마나 보람되겠소."

정 부부도 화답했다.

"조선 독립에 보탬이 될 수 있다면 영광이겠습니다."

그사이 기옥에게는 안타까운 일이 벌어졌다. 운전면허까지 단번에 딴 그녀는 입학할 수 있는 항공학교를 찾아 여기저기 문을 두드렸다. 남원항공학교와 보정항공학교에 입학을 문의했지만 보기 좋게 거절당했다. 이유는 단순명료했다. 두 학교 모두 기옥이 여자라서 안 된다는 답신이었다. 가까스로 입학 허가를 받은 광동항공학교는 막상 연습할 비행기를 단 한 대도 보유하고 있지 않았다. 이론 교육만 가능한 학교가 무슨 항공학교인가 싶어 기옥은 실의에 빠졌다. 그러다 수소문 끝에 운남성 곤명시에 육군항공학교가 새로 문을 연다는 소식이 들려왔다. 정 부부도 임시정부를 통해 교수진을 뽑는다는 소식을 들었다. 부부는 우선 곤명항공학교에 교수직 지원서를 우편으로 부쳤다. 기옥은 상해 중앙역으로 나가 부부를 배웅했다.

"기옥아, 우리가 먼저 가서 자리 잡아 놓을게. 너도 얼른 오너라."

기옥과 정대양 부부는 따스한 포옹을 했다. 멀어지는 기차 꽁무니를 향해 팔을 흔들던 기옥이 중얼거렸다.

"저도 금방 갈게요. 꼭!"

상해에서 곤명까지는 너무나 먼 여정이었다. 철도 노선이 놓이질 않아 기차와 배를 수없이 갈아타고 한 달 이상을 가야 하는 길이었다. 기옥은 물론 그런 물리적 장애 따위는 겁나지 않았다. 다만 그 학교에서 여자인 자신을 학생으로 받아들여 줄지 걱정이었다. 그런데 만약 정 부부가 먼저 가서 교수진으로 자리를 잡는다면 기옥의 입학에도 도움이 될 터였다.

"기옥이 오기 전 우리가 먼저 가자. 가서 기옥이 입학할 수 있는 터를 닦아 놓자, 이렇게 마음먹었지."

고아라가 기옥의 밥그릇에 쌀밥을 더 퍼 주며 말했다. 기옥은 모락모락 피어오르는 김을 보며 다시 회상에 빠져들었다.

이렇게 해서 정 부부는 운남을 향해 여행을 시작했다. 중간에 기차를 잘못 타서 엉뚱한 역에 버려지듯 내린 적도 있지만 그런 해프닝 따위는 역경이나 모험 축에 끼지도 못했다. 물론 그 소동 속에 그토록 그리워하는 아들이 있었다는 사실은 꿈에도 모른 채였다.

커다란 접시에 올려진 잉어가 가시만 남긴 채 앙상해졌다. 부부와 기옥은 동그랗게 부른 배를 안고 트림을 했다.

"선생님, 너무 맛있어요. 비행기 조종이랑 정비에 관해 배운 것만 해도 은혜 갚을 길이 없는데 밥까지 이렇게 진수성찬으로 대접받으니 어쩌죠?"

기옥이 젓가락을 놓으며 인사치레를 했다.

고아라가 기옥 찻잔에 차를 따라 주었다.

"그런 소리 말아. 우리도 기옥 양 지나온 삶에 관해 들으면서 얼마나 많이 배웠게."

정대양도 뒤편 소파에 물러앉으며 고개를 주억거렸다.

부부는 항공학교에서 기옥을 비롯한 조선인 학생들을 가르치며

20세기 헬조선을 위해 자신들이 할 수 있는 일이 무언지 고민하기 시작했다고 털어놓았다.

"기옥 양, 앞으로 계획은 무엇인가?"

고아라의 물음에 기옥이 진지한 얼굴이 되었다.

"조선 독립을 위해 일본군과 싸울 거예요. 중국과 조선에 있는 일제 기간 시설, 군부대에 폭탄을 쏟아부을 거예요. 최종목표는 동경에 있는 황궁을 잿더미로 만드는 일이고요."

만약 이 말이 기옥과 엇비슷한 나이의 젊은 처녀 입에서 나왔다면 누구든 황당한 백일몽이라고 치부해 버렸을 것이다. 하지만 기옥은 달랐다. 스물다섯 나이에 자신의 힘과 노력으로 당당히 비행기 조종사가 된 그녀였다. 그런 기옥이 동경에 날아가 일왕을 향해 기관총 세례를 퍼붓겠다고 하면 꼭 그렇게 할 것 같았다.

"어제 임시정부에 서신을 보냈어요. 제가 이룬 성과를 보고드리기 위해서요. 사진도 같이 부쳤고요."

기옥은 꿈에 부푼 표정으로 탁자 위 램프 심지 불을 들여다보았다. 그녀의 얼굴은 이미 일본과의 전투에서 승리를 거둔 공군 비행사의 그것처럼 빛났다.

추억을 기록하는 방법

시간은 벌써 새벽 3시에 가까워지고 있었다. 남매는 꼼짝하지 않고 앉아 기옥의 얘기에 집중하던 참이었다.

"제 이야기는 여기까지예요."

기옥이 마른 목을 축이느라 찻잔을 들었다.

"예? 그럼 이후에 우리 부모님은 어떻게 되셨나요? 아직 항공학교에 계시나요?"

노을이 덤비듯 물었다. 기옥이 고개를 살랑살랑 저었다.

"아니. 졸업식 날 밤을 끝으로 다신 뵐 수 없었어요. 음, 나는 다음 해인 1926년 1월 초에 제 동기인 이영무와 같이 상해로 돌아왔고요. 1월 하순에 영무와 함께 국민혁명군의 근거지인 광주(광저우)로 가게 되었어요. 거기서 약산 선생님과 의열단원들을 만나기로 했거든요. 선생님들 소식이 궁금해서 계속 임시정부를 들락거리며 수소문했지만 소용없었어요. 하는 수 없이 영무랑 둘이서 광주로 출발했죠. 스승님들에 대해서는 이후에도 여러 가지 풍문을 듣긴 했어요. 다시 운남으로 돌아갔다, 북경을 거쳐 만주로 들어갔다, 조선으로 귀국했다 등등. 하지만 어떤 얘기도 두 분을 찾는 데 도움이 되진 않았어요."

마린은 고개를 숙이고 입술을 깨물었다. 노을은 기옥의 말에서 티끌 같은 단서라도 잡아내려는 듯 이마를 찡그렸다. 기옥이 이런 남매를 물끄러미 바라보았다.

"항공학교에 있을 때 여러분 이야기 많이 들었어요. 특히 고 선생님은 따님과 아드님의 생김새를 자세히 말씀하시며 그리움을 표하셨죠. 그래서 두 사람을 맞닥뜨렸을 때 한눈에 알아본 거예요."

마린의 눈가에 눈물방울이 매달렸다. 노을의 코끝도 붉게 물들었다.

"자, 너무 실망하지 말고 찾읍시다. 나 역시 두 분을 꼭 다시 만날 거라고 믿고 항상 소식을 묻고 다닌다오."

기옥이 마린의 어깨를 다독였다.

마린이 눈가를 훔치며 물었다.

"어디까지 아세요? 우리 가족에 대해서?"

그 말에 기옥이 품 안에 든 종이 한 장을 꺼냈다.

"이걸 알아보겠어요?"

오누이가 건네받은 종이를 조심스럽게 펼쳐 보았다.

"앗! 이건!"

종이 위에 위치추적기가 연필로 커다랗게 그려져 있었다.

마린과 노을은 숨을 멈추었다.

"이 그림 어디서 난 거예요?"

마린의 질문에 기옥이 주위를 살폈다. 여기저기 널브러진 남자들이 깊이 잠들었는지 확인하는 눈치였다. 다들 세상모르고 코를 고는 중이었다.

"하도 소식이 없어서 혹시 고향 별로 돌아가신 건 아닌가 생각했어요. 그런데 두 사람이 부모님을 찾으러 온 것을 보니 아직 여기 20세기 지구 어딘가에 계신다는 뜻이 되겠네요."

남매는 기옥의 입에서 고향 별이니, 20세기 지구니 하는 단어가 튀어나오자 모골이 송연해졌다. 기옥은 얼빠진 남매를 보며 부드럽게 웃었다.

"너무 놀랄 거 없어요. 스승님들이 다 말씀해 주셨어요. 물론 난 그 이야기를 다 믿진 않았지만, 그분들 편이 되기로 마음먹었어요. 그분들도 내 편이 되어 주셨으니까요."

기옥은 남편과 시동생은 이 이야기에 관해선 아무것도 모른다고 했다.

"두 사람을 만나고 나니 모두가 사실이었다는 게 놀라우면서도 안심이 되네요. 역시 스승님들은 남을 속이거나 기만할 분들이 아니셨어."

기옥은 가슴속에 자리했던 의구심의 불씨가 꺼진 것이 기쁘다는 표정이었다.

노을이 종이를 가리켰다.

"그런데 이 그림은 무엇입니까?"

"아, 그건 또 다른 얘긴데…."

기옥이 벽에 걸린 시계를 봤다. 새벽 4시가 훌쩍 넘은 시각이었다.

"오늘은 이만하고 눈 좀 붙입시다. 피곤하고 졸리네요."

기옥이 하품을 섞어 말했다. 남매는 자리를 정리했다. 기옥이 방으로 들어가자 마린이 노을을 불렀다.

"마당으로 잠깐 나가자."

남매가 마당 한 귀퉁이에 마주 섰다.

"아까 본부에서 연락이 왔어. 난 짤방 주인공을 확인했으니 프록시마로 귀환하라는 명령이야."

노을이 무슨 소리냐며 앞을 가로막았다.

"엄마 아빠를 코앞에 놔두고 돌아가겠다고?"

"아니, 내가 가겠다는 게 아니라…."

그때, 마린과 노을 머릿속으로 마리우스 박사의 목소리가 들렸다.

"노을 대원도 우선 귀환하게. 지금으로서는 부모님의 행방을 알 방법이 없다는 판단일세."

박사는 보통 카이를 통해 전달 사항이나 지시 사항을 원정대원에게 전달했다. 그런데 직접 연결해 지시를 내린다는 건 사안이 그만큼 중대하다는 뜻이었다.

"박사님도 카이를 통해 다 들으셨잖아요. 이대로 돌아갈 수는 없어요. 위치추적기가 보낸 시그널은 분명 1937년 3월 남경이었습니다. 엄마 아빠를 직접 만난 인물도 찾았고요. 두 분은 이 도시 어딘가에 계신 게 분명해요. 꼭 찾을 거예요."

노을이 애타게 대답하며 마린을 돌아봤다. 마린도 고개를 끄덕였다.

"박사님, 제 목소리 들리시죠? 저 역시 노을과 같은 생각이에요. 짤방 두 장에 대한 탐사 임무를 무사히 마쳤으니 이제부터는 저도 노을이와 함께 부모님을 찾도록 하겠습니다. 허락해 주십시오."

잠시 정적이 흘렀다. 모르긴 해도 마리우스 박사가 역사복원위원회에 남매의 지구 체류 시간을 연장해 달라고 요청하는 게 틀림없었다. 드디어 박사의 말소리가 들렸다.

"방금 역사복원위원회 위원장님께 체류 시간 연장을 허락받았네. 이제부터 자네들은 헬조선 원정대 대원이 아닌 부모를 찾는 딸과 아들이야. 다만 우리 헬조선 원정대의 3대 원칙을 어기는 일이 없도록 각별히 주의해 주게."

남매는 허락이 떨어지자 누가 먼저랄 것도 없이 낮은 탄성을 올리며 손뼉을 마주쳤다.

이튿날 늦은 아침, 마린은 창틀에 와 지저귀는 새소리에 잠이 깼다.

"어머! 지금 몇 시야?"

협탁에 놓인 태엽 시계가 11시를 가리키고 있었다. 마린은 서둘러 일어나 잠자리를 정리하고 거실로 나갔다.

"여, 잠꾸러기 기자님이 이제야 기침하셨군요."

말끔하게 차려입은 이상화가 알은체했다. 마린을 제외한 모두가 탁자에 둘러앉아 차를 마시는 중이었다. 아침 식사는 진즉에 마친 모양이었다. 마린은 어색한 웃음으로 화답하고는 노을을 향해 눈짓을 했다. 어젯밤 아니 오늘 새벽 미리 맞추어 둔 얘기를 꺼낼 참이었다. 노을이 누나의 신호를 보자마자 입을 열었다.

"저는 이만 일어서겠습니다. 본의 아니게 신세가 많았습니다."

마린도 얼른 뒤따라 말했다.

"저도 취재를 끝마쳤으니 작별 인사를 해야겠어요. 다들 친절하게 대해 주셔서 감사드립니다."

상정이 무슨 소리냐며 일어섰다.

"노을 군은 부모님을 찾는다고 하지 않았나? 내가 어제 술에 취해 일찍 잠드는 바람에 미처 물어보질 못했군. 여보, 노을 군과 무슨 얘기를 나눴소?"

상정이 아내와 오누이를 번갈아 쳐다보았다. 세 사람은 똑같은 표정으로 입을 꾹 다물고 눈만 깜빡였다. 이 모습을 본 상화가 마린을 향해 물었다.

"기자님, 어디로 가시려고요. 만리타향까지 와서 겨우 하룻저녁

대담을 끝으로 돌아가면 너무 아깝잖아요. 우리랑 좀 더 머물며 역사 깊은 도시 남경에 대해 더 취재하는 건 어때요? 혹시 다른 약속이나 계획 있으세요?"

상정 형제는 아쉬운 내색을 숨기지 않았다. 옷깃을 스치는 인연이라도 소중히 여기는 마음이 느껴졌다. 마린과 노을이 어떻게 대답해야 할지 몰라 우물쭈물하는데 기옥이 나섰다.

"부모님 계신 곳은 내가 어떡하든 수소문해 놓을 테니 연락처 하나만 남겨 줘요."

기옥은 노을에게 종이 한 장을 건넸다. 노을이 종이를 건네받으려는데 상정이 중간에서 가로챘다.

"정 가야 한다면 더 붙잡지는 않겠소만, 이렇게 만난 것도 인연인데 조선인끼리 기념사진이라도 한 장 찍읍시다."

그 말에 오태준과 조성규도 적극적으로 찬성했다.

"사, 사진이요?"

오누이가 동시에 뜨악한 표정이 되었다.

"그래요, 사진! 얼른 서두릅시다."

상화가 마린의 소매를 이끌었다.

오누이는 사양할 새도 없이 일행에게 끌려 나갔다. 상정은 모두를 이끌고 시장통에 있는 사진관으로 갔다. 우선 기옥과 상정 형제가 사진을 찍었다. 마린이 가지고 있는 짤방 사진 구도 그대로였다.

'앗! 저 장면은!'

뒤에서 구경하던 마린이 손에 든 가방을 살짝 열어 보았다. 하얗게 바랜 인화지가 차츰 색을 되찾기 시작했다. 마린은 놀라움과 안도감이 뒤섞인 미소를 지었다. 곁에 서 있던 노을이 귀엣말했다.

"이 시대 사람들은 사진 찍기를 좋아하나 봐. 지난번 계옥 누님과 작전 수행할 때도 출발하기 전 기차역에 있는 사진관에서 단체 사진을 찍었어."

노을은 지난번 원정 탐사 때를 떠올렸다. 긴박하고 위험한 작전을 앞두고 의열단 일행은 태연히 사진관으로 몰려갔다. 단체 기념사진을 찍는 그들의 얼굴에 자부심과 행복이 넘치던 걸 노을은 뚜렷이 기억했다.

"그래?"

오누이가 속닥거리는데 옆에 선 오태준의 말소리가 들렸다.

"우리는 기회가 있을 때마다 사진 남기길 좋아한다오. 언제 어디서 명령이 떨어져 폭탄을 지고 적진으로 뛰어들지 모르니까."

독립투쟁을 벌이는 투사들은 순간순간 죽음을 각오하며 지냈다. 일본 제국주의와 맞서 싸운다는 의미는 다름 아니었다. 언제 어디서든 목숨을 버려서라도 적과 그 앞잡이를 단죄할 각오가 되었다는 의미였다. 오늘 죽을지 내일 죽을지 모르는 운명이었다. 그만큼 '지금! 여기!'를 소중히 여겼다. 당장 눈앞에 같이 있는 동지와 가족을 뜨겁게 사랑했다. 그들은 틈만 나면 단체사진, 기념사진을 찍었다. 특히 작전에 투입되기 전에는 증명사진을 남기듯 모두

모여 사진기 앞에 섰다.

"그럼 오늘도 작전에 나가기 전 마지막으로 찍는 사진입니까?"

노을이 딱딱하게 굳은 얼굴로 물었다.

조성규가 껄껄 웃으며 대꾸했다.

"그야 모르지."

1937년 봄 남경의 어느 허름한 사진관, 마린과 노을은 조선 독립을 위해 투쟁하는 영웅 가운데 서서 기념사진을 찍었다.

사진관을 나오는데 카이의 말소리가 들렸다.

"아가씨와 도련님이 프록시마로 돌아가시면 단체사진에서 두 분 이미지만 흐릿하게 사라질 거예요. 그래도 괜찮으시겠어요?"

마린도 노을도 묵묵부답 먼 하늘만 바라봤다. 이미 짐작하고 있는 사실이었다. 그리해야 역사 왜곡이나 역사 개입 현상을 방지할 수 있었다. 하지만 왠지 섭섭한 마음이 드는 것도 사실이었다.

"안 괜찮으면 무슨 수가 있나?"

노을이 아쉬운 듯 웅얼거렸다. 마린도 동의의 표시로 살짝 웃었다.

사진관을 나온 일행은 두 무리로 나뉘었다. 상정과 세 남자는 기옥 부부의 석방을 위해 애를 써 준 중국인 친구들을 만나러 간다며 시내로 향했다. 기옥은 남매를 데리고 유명한 만둣집으로 갔다. 점심때가 가까운 시간이었다. 가게는 벌써 손님으로 북적였다. 옆자리에 앉은 이들과 어깨가 맞닿을 정도로 비좁은 식당이었다.

마린과 노을은 지구인들이 뿜어내는 생기발랄한 어수선함에 절로 웃음이 났다.

"음식점은 그저 밥때에 성황인 집만 찾아 들어가면 된다니까."

기옥이 수저통에서 나무젓가락을 추리며 빙글거렸다.

"이 집 만두가 여기 남경에서는 세 손가락에 꼽히는 명물이라니까 맛 한번 봐요."

오누이가 젓가락을 받아 들며 고맙다는 인사를 하는데 종업원이 커다란 접시를 들고 왔다. 하얀 접시 위에 아이 주먹만 한 만두가 피라미드처럼 쌓여 있었다.

"자자, 식기 전에 얼른 먹읍시다. 목메지 않게 차도 같이 마시면서."

기옥이 만두를 집어 들어 권했다. 남매는 탁자 위에 놓이는 고기만두를 들여다보느라 여념이 없었다. 김이 무럭무럭 나는 만두는 보고만 있어도 배가 불렀다. 노을은 반으로 자른 만두 위에 자차이를 듬뿍 얹어 입으로 가져갔다.

"와! 이거 뭐야? 왜 이렇게 맛있지?"

허겁지겁 만두를 집어삼키는 노을의 모습은 그저 순진한 어린아이 같았다. 그 모습을 흐뭇하게 바라보던 기옥이 주변을 둘러보았다.

"조선말 알아듣는 사람 없겠지?"

만두 먹기에 여념이 없던 남매가 동시에 기옥을 쳐다봤다.

"새벽에 못다 한 이야기를 하려고요."

"여기서요?"

마린이 시끌벅적한 식당 안을 둘러보는데 노을이 키득거렸다.

"비행사님 말씀이 딱 맞네요. 여기야말로 비밀스러운 대화를 나누기 딱 좋은 장소네요!"

사방을 둘러싼 중국말 속에 세 사람이 나누는 조선말은 보안상으로 딱 좋은 조건이었다. 기옥이 이야기를 시작했다.

"어느 토요일 밤이었어요. 난 그때 일제 앞잡이들에게 살해 경고를 받고 있었기 때문에 주말에도 외출 없이 기숙사에 머물러야 했지요. 학교는 텅 비어 쓸쓸하고 갈 데는 없고…."

그럴 때마다 기옥은 비행기 격납고를 찾았다. 그곳에는 비행기 성능 개조에 몰두하고 있는 정 교수 부부가 있었다. 어느 토요일 밤, 기옥은 격납고 문가에 서서 쌍엽비행기의 엔진 부분을 들여다보고 있는 부부를 보게 되었다. 반가운 마음에 살그머니 다가가던 걸음이 우뚝 멈췄다. 두 사람 윗옷 왼쪽 가슴에 달린 브로치에서 파란 불빛이 반짝였다. 그녀를 더욱 놀라게 한 광경은 브로치에서 뿜어져 나오는 홀로그램이었다. 부부는 아무렇지도 않은 표정으로 파란빛 그림이 떠 있는 허공에 대고 손가락으로 꾹꾹 누르는 시늉을 했다.

"두 눈으로 보고 있으면서도 믿을 수 없었어요. 그 장면은 이 시대의 것도 아니고 이 세상의 것도 아니란 걸 단박에 알아차렸죠.

비행기는 현재 인류가 구가하는 과학발전의 총합체랍니다. 그리고 난 비행기를 모는 조종사요. 그런 내가 듣도 보도 못한 과학기술이라니, 있을 수 없는 얘기죠. 그래서 오히려 스승님들의 고백에 설득되었다오. 프록시마니 시간 여행이니 우주 미아니 하는 공상과학소설 같은 얘기예요."

기옥은 젓가락을 내려놓았다.

"고향 별에 두고 온 남매가 그립고, 걱정된다며 눈물짓던 고아라 선생님의 모습에는 진실과 진심 이외에는 아무것도 실려 있지 않았어요."

마린이 눈가를 훔치며 물었다.

"위치추적기의 파란 불이 반짝이던 날의 일시를 기억하시겠어요?"

노을이 누나를 도와 설명했다.

"말씀해 주세요. 위치추적기가 시그널을 보낸 시간과 공간을 알 수 있다면 바로 그 좌표로 다시 타임 슬립 하면 되거든요."

기옥이 정확히 기억한다고 대답했다.

"말해 줄 수 있죠. 다만 조건이 하나 있어요."

"조건이요?"

"응. 여러분이 부모님을 찾게 되면 나도 한번 프록시마로 초대해 주세요. 약속해 주면 말해 줄게요."

마린과 노을은 말문이 막혀 서로를 쳐다보았다. 카이조차 아무

조언이 없었다. 기옥이 한 번 더 물으며 대답을 재촉했다.

마린이 정신을 차리고 서둘러 대꾸했다.

"저희는 그런 약속을 할 수 있는 위치에 있지 않습니다. 솔직히 말씀드리면 비행사님과 모든 비밀을 공유한다는 사실만으로도 원정대 규칙을 모조리 깨 버린 참이거든요. 당장 본부로 강제 소환당해 문책당한대도 할 말이 없는 상황이에요. 원정대 대원복을 벗어야 할지도 몰라요."

마린의 얼굴이 더없이 어두워졌다. 곁에서 고개를 숙이고 있던 노을이 말문을 열었다.

"비행사님, 정말 조건이 아니면 안 가르쳐 주실 건가요?"

기옥은 날카로운 눈빛으로 자신을 쳐다보는 노을을 향해 빙그레 웃었다.

"날짜는 1925년 3월 1일 오후 8시. 장소는 중국 운남성 곤명시에 있는 운남육군항공학교 비행훈련소 내에 있는 격납고예요."

남매는 의외로 선선히 답을 내주는 기옥을 멀거니 바라보았다.

"당신들의 별을 방문하고 싶은 마음도 진심이지만 스승님들이 여러분과 재회하여 같이 있는 모습을 보고 싶은 마음도 진심이에요."

기옥이 천천히 자리에서 일어났다. 만두값을 치르러 계산대로 향하는 그녀의 뒷모습이 깔끔하고 담백했다. 마린은 엉거주춤 일어나 발을 옮겼다. 하지만 노을은 앉은 자리에서 꼼짝하지 않고 기옥의 등만 노려보았다.

"안 갈 거야?"

문가에서 동생을 기다리던 마린이 돌아왔다.

"가야지!"

노을이 벌떡 일어나 누나를 지나쳐 문을 향해 저벅저벅 걸어 나
갔다.

"비행사님!"

노을은 문 계단에 내려서서 거리를 보고 있는 기옥을 불렀다.

"예?"

노을이 계단 위에서 기옥을 향해 말했다.

"가지고 계신 물건 중 하나만 주십시오. 다시 비행사님께 돌아
올 수 있게요."

기옥이 "물건이요?" 하고 되묻자 노을이 머리를 끄덕였다.

"예. 물건이 비행사님이 계신 곳을 가르쳐 줄 거예요."

기옥은 잠시 궁리하더니 손뼉을 마주쳤다.

"소중한 물건이라…, 아! 그거면 되겠다."

그날 오후, 마린 남매는 기옥이 건네준 물건을 가지고 원정대
본부로 귀환했다.

드넓은 책의 바다

서해문집
청소년도서

www.booksea.co.kr
031-955-7470

서해문집

조선 특파원 잭 런던

설흔 장편소설 | 9,800원

★국립어린이청소년도서관 추천도서 | 학교도서관사서협의회 추천도서

러일전쟁을 취재하는 종군기자로 조선을 찾은 잭 런던과 그의 조수이자 통역
사가 된 조선 소년이 한 팀이 되어 겪는 이야기. 역사 속 전쟁과 어울리지 않을
것 같은 둘의 우정을 엿볼 수 있다. 실제로 잭 런던이 러일전쟁 취재를 하고 남
긴 취재기인 〈잭 런던의 조선사람 엿보기〉 속 이야기를 소설로 풀어낸 책이다.

바다로 간 소년

한정영 장편소설 | 11,900원

★책꽂이 추천도서 | 학교도서관저널 추천도서 | 학교도서관사서협의회 추천도서
　어린이도서연구회 추천도서

조선과 명나라를 오가며 펼쳐지는 한 소년의 파란만장한 이야기. 세종, 장영
실, 정화 등 역사 속 실존 인물을 비롯해 조선인, 중국인, 아랍인 등 다양한 인
물과 무대 속에서 절망에 빠진 소년이 다시 희망을 찾고 꿈을 이루는 과정을
담았다.

미스 손탁

정명섭 장편소설 | 11,900원

★원주시 '한 도시 한 책 읽기' 선정도서 | 서울시 교육청 추천도서
　학교도서관사서협의회 추천도서 | 국립어린이청소년도서관 추천도서 | 책씨앗 추천도서

손탁호텔은 1902년 서울 정동 거리에 정식으로 문을 연 서구식 호텔로, 한국
근대사의 현장에서 큰 의미를 갖는 공간이다. 이 책은 실재했던 역사적 장소를
무대로, 가상의 사건을 이야기로 풀어낸 작품이다. 특히 작품에 등장하는 실존
인물들이 이야기 전개에 흥미를 더한다.

통행금지

박상률 소설 | 9,000원

★세종도서 교양부문 선정도서 | 한국학교사서협회 추천도서
　학교도서관사서협의회 추천도서 | 책꽂이 추천도서 | 전국청소년독후감대회 지정도서

1980년 5월 광주에서 일어났던 '5·18민주화운동'을 배경으로 하고, 광주 외곽
에서 딸기농사를 짓는 광민이네 가족을 주인공으로 삼아, 역사와 소설의 절묘
한 조화를 잘 보여 준다. 특히 실제 나붙었던 '경고문'과 '호소문' 등을 그대로
인용함으로써 읽는 이들에게 마치 당시 현장에 있는 듯한 느낌을 준다.

필연의 법칙

역사복원위원회가 발칵 뒤집혔다.

"정 선장님과 고 항해사님의 행방을 알게 된 것은 다행이고 기쁜 소식입니다. 하나 원정대의 정체가 지구인에게 발각된 사건은 중대한 실책입니다."

장경은 위원장이 무거운 어조로 말했다. 그녀의 트레이드마크인 온화한 미소와 친절함은 생략된 채였다.

깐깐하고 예민한 안토니오 박사가 턱을 만지작거렸다.

"그것도 정 선장 부부의 자발적인 정보 제공에 의한 것이라니, 말도 안 돼요."

넓은 아량을 자랑하는 피코 박사까지 한마디 거들었다.

"두 대원이 다시 찾아가 쐐기를 박지만 않았어도 그 권기옥이란 지구인은 우리 프록시마와 타임 슬립에 대해서 백일몽처럼 치부

했을 거예요."

마지막으로 소피아 박사가 길게 한숨을 섞어 덧붙였다.

"권기옥 비행사가 타임 슬립을 조건으로 정보를 알려주겠다고 했을 때는 진짜 숨이 멎는 줄 알았습니다."

맞은편에 나란히 앉은 마린 남매와 마리우스 박사는 죄인처럼 고개를 숙였다. 노을 앞자리에는 기옥이 준 비행 고글이 덩그러니 놓여 있었다. 기옥은 노을에게 고글을 건네주며 꼭 다시 찾아와 달라고 신신당부했었다.

안토니오 박사가 위원장을 향해 건의했다.

"지난번 2차 탐사 때 노을 대원이 벌인 일련의 일탈 행위에 대한 조치도 아직 정해지지 않은 상태입니다. 그런데도 더 심각한 원칙 위배 행동이 있었으니, 아무래도 원정대의 존립 자체를 고민해야 할 시기가 아닌가 합니다."

그 말에 마린과 노을이 화들짝 놀랐다.

"원정대를 해단한다고요?"

"안 돼요!"

따가운 눈총이 두 대원에게 쏟아졌다.

"정마린, 정노을 대원은 정숙하기 바랍니다."

위원장이 엄하게 지시하자 남매는 다시 고개를 떨어트렸다.

소피아 박사가 중재안을 내놓듯 말했다.

"잠시만요. 일 처리를 너무 극단적으로 할 필요는 없다고 봅니다. 다들 아시겠지만 케이스타 개발에 들어간 예산이 적지 않아요. 거기다 연구해야 할 짤방 데이터도 아직 많이 남아 있습니다. 원정대를 해체하기보다는 이번 기회에 대원을 새로 뽑는 게 어떨까 싶습니다. 2세대 케이스타가 진화한 만큼 이제는 성인 대원이 타임 슬립을 해도 큰 무리가 없으리라 봅니다만, 마리우스 박사님?"

차분한 발언이었지만 남매에게는 또 한 번 청천벽력 같은 소리였다.

"박사님 어떡해요…."

마린과 노을은 울상이 되어 마리우스 박사를 찾았다. 이제껏 잠자코 듣기만 하던 마리우스 박사가 자리에서 일어났다.

"여러분께서 지적하시고 우려하는 부분을 충분히 이해합니다. 원정대 본부장인 저 역시 당황스럽습니다. 역사복원위원회 결정과 조치에는 이견 없이 따를 것임을 밝힙니다. 다만 마지막으로 한 말씀만 드리고 싶습니다."

마리우스 박사의 진지한 부탁에 장내가 숙연해졌다.

"위원장님, 두 대원이 같은 시간 다른 공간으로 타임 슬립 한 결과를 어떻게 생각하십니까?"

갑작스러운 질문에 장 위원장이 팔짱을 꼈다.

"케이스타가 오작동한 것으로 판단하고 있는데요."

마리우스 박사가 고개를 저었다.

"처음엔 저도 그렇게 짐작했지만, 검사 결과 기계에는 아무런 문제가 없었습니다. 문제는커녕 2세대로 진화한 케이스타에게 저도 모르는 기능이 추가된 것 같습니다."

회의장이 술렁였다.

"어제 레몬티를 케이스타 GPU에 접속시켰습니다. 외부에서 프로그래밍된 코드만 점검하는 차원으로는 문제의 핵심에 접근할 수 없다는 판단 때문이었습니다. 복잡하고 지루한 양자역학과 우주 물리 이론은 생략하기로 하고요. 대신 2세대 케이스타에 인공지능 기능을 더욱 강화한 점만은 말씀드리고 싶습니다."

안토니오 박사가 손을 들었다.

"케이스타에 인공지능 기능이 장착된 것은 1세대부터 아닙니까?"

마리우스 박사가 얼른 응답했다.

"2세대로 진화하면서 CPU를 GPU로 업그레이드 교체했습니다."

일순간 회의장 안에 정적이 흘렀다. 역사복원위원회 구성원들로 말할 것 같으면 다들 지구 인류 역사에 대해서는 타의 추종을 불허하는 방대한 지식과 탁월한 식견을 자랑하는 박사들이었다. 다만 모두 인문계열 출신이라 이공계열에서 쓰는 약자 하나에도 금방 힘을 못 쓰는 약체들이었다. 그나마 다양한 잡학 지식을 자랑하는 피코 박사가 이렇게 묻는 게 다였다.

"그럼 케이스타의 인공지능이 자체 알고리즘을 통해 두 대원을 각각 다른 지점으로 이동시켰다는 겁니까?"

마리우스 박사가 환하게 웃으며 화답했다.

"예, 맞습니다. 타임머신 기계의 성능을 높이기 위해 장치를 바꾸고 조작하긴 했지만 짧은 시간 동안 그토록 난해하고 정교한 기술까지 업그레이드될 줄은 짐작하지 못했습니다. 지금도 레몬티가 케이스타 프로그램 내부로 들어가 딥 러닝을 통한 알고리즘 생성이 얼마만큼 진행되었는지, 어떤 알고리즘 갈래가 새롭게 생성되었는지 조사 중입니다."

마린 남매에게 마리우스 박사의 얘기는 더없이 반가운 소식이었다. 특히 마린은 자신이 기계 작동 오류로 인한 불시착이 아니라 처음부터 계획된 시공간으로 이동되었다는 사실에 마음이 놓였다. 마린 뿐만이 아니었다. 회의실은 마리우스 박사 설명에 감화된 듯 차분히 가라앉았다. 하지만 위원장인 장경은 박사만은 냉정한 눈빛을 잃지 않았다.

"케이스타가 업그레이드됐다는 소식은 반갑습니다. 기계 자체 판단으로 동시에 두 사람을 다른 장소로 이동시키는 기능은 놀라움을 금치 못하겠군요. 입력한 좌표를 기반으로 짤방 조사에 가장 적합한 장소를 스스로 계산해 내다니 앞으로 케이스타의 발전이 더욱 기대됩니다."

마린 남매의 얼굴에 안도의 빛이 번졌다. 하지만 그것도 잠깐, 이어지는 말에 세 사람은 다시 얼음처럼 굳었다.

"그러나 발전된 타임머신의 성능이 대원들의 원칙 위반 행위를 옹호하지는 못합니다. 예상외의 시공간 이동이 있었다 해서 징계를 피해 갈 수는 없습니다."

마리우스 박사가 다시 나섰다.

"책임을 회피하거나 무마하려고 말씀드린 것이 아닙니다. 위원장님 그리고 위원 여러분, 숙고해 주십시오. 케이스타의 알고리즘이 두 대원을 각기 다른 장소로 이동시켰습니다. 짤방에 대한 탐사를 담당한 마린 대원은 이상화 시인을 만나는 기차로 타임 슬립을 하였습니다. 노을 대원은 오로지 정대양 선장 부부를 찾기 위해 타임 슬립을 했습니다. 그런데 두 대원이 지구력으로 같은 날 저녁 짤방 주인공의 집에서 재회했습니다. 그 덕분에 권기옥이란 인물이 중국인이 아닌 조선인 최초 여성 비행사라는 역사적 사실이 자연스럽게 밝혀졌습니다. 동시에 이분은 정대양 선장 부부의 소식도 가지고 있는 중요한 인물입니다. 이런 상황에서 여기 두 대원이 원정대 원칙을 지키기 위해 권기옥 비행사에게 정체를 숨기거나 거짓으로 꾸며 댔다면 정 선장 부부의 위치 추적은 불가능했을 거라고 봅니다. 결론적으로 케이스타의 인공지능이 두 가지 임무를 달성할 수 있는 최적의 상황으로 대원들을 이동시켰다고 볼 수 있습니다. 대원들은 주어진 상황에서 임무를 다하기 위해 최선을 다했을 뿐이고요."

장 위원장이 짧은 한숨을 내쉬었다.

"임무 완수를 위한 불가항력이었다, 이 말씀이군요."

"예, 그렇습니다. 정상참작의 여지를 헤아려 주시길 바랍니다."

정상참작이란 잘못을 저지를 당시의 여러 가지 상황을 고려하여 최종 판단에 참고한다는 뜻이었다.

마리우스 박사가 자리에 앉고 회의장엔 무거운 침묵이 가득 찼다.

시간이 흐르고 장 위원장이 결론을 맺었다.

"정마린 대원과 정노을 대원의 이번 원정 탐사는 원정대 3대 원칙을 위반하는 언행이 포함되어 있습니다. 이는 분명 책임 추궁이 있어야 할 중대 실책입니다. 다만 마리우스 박사님 말씀대로 정상참작이 가능한 부분도 있음을 인정합니다. 역사복원위원회 위원장이자 헬조선 원정대 대장으로서 제가 내리는 징계는 다음과 같습니다. 정마린, 정노을 대원은 당분간 타임 슬립을 금지합니다. 별도의 지시가 있을 때까지 자택으로 돌아가 자숙하십시오."

장 위원장의 명령이 떨어지자 노을이 움찔하며 일어서려 했다.

"하지만 부모님을 찾으러…."

마리우스 박사와 마린이 양쪽에서 노을의 팔을 잡았다. 노을은 두 사람이 내뿜는 서슬에 기가 죽어 슬며시 앉았다.

"잘 알겠습니다. 위원장님을 비롯한 위원 여러분께 사과의 말씀을 드립니다. 물의를 일으켜 죄송합니다."

마린이 동생 대신 일어서 정중히 인사를 했다. 노을은 답답하다는 듯 한숨을 내쉬었다.

긴급회의가 끝나고 세 사람은 원정대 본부로 돌아왔다. 본부 연구실에 올 때까지 누구도 입을 열지 않았다. 세 사람은 거대한 케이스타 본체 앞에 나란히 섰다. 케이스타는 낮은 저음을 내며 우뚝 서 있었다. 전류가 흐르는 소리였다. 마리우스 박사와 남매는 누가 먼저랄 것도 없이 서로를 쳐다보았다.

"디녀오게!"

"누나 가자!"

마리우스 박사와 노을이 차례대로 말하자 마린이 고개를 끄덕였다. 세 사람은 또 누가 먼저랄 것도 없이 센딩팟 앞으로 갔다. 마린과 노을은 센딩팟 위에 나란히 섰다. 레몬티가 박사의 명령대로 좌표를 입력했다. 이내 센딩팟에서 빛이 뿜어져 나왔다. 케이스타 본체에서는 자기장이 흐르는 저주파음이 퍼져 나왔다. 그 웅장한 소리는 장 위원장의 명령을 어기고 다시 과거 지구로 떠나는 오누이를 격려하는 것 같았다.

"1분 후에 타임 슬립이 시작됩니다."

레몬티가 카운트다운을 시작했다.

마린이 다급하게 외쳤다.

"박사님! 저희 때문에 본부장 자리에서 쫓겨나시면 어떡하죠?"

마리우스 박사가 큰소리로 대꾸했다.

"정 선장과 고 항해사를 호라이즌호에 태운 사람도 나고 자네들을 케이스타에 태운 장본인도 날세. 정 선장 가족이 재결합하는 그날 은퇴하기로 마음먹은 지 오래야. 자격 박탈이니 징계니 하나도 무섭지 않네."

마리우스 박사의 말이 끝나자마자 기다렸다는 듯 센딩팟에서 하얀빛이 뿜어져 나왔다. 박사는 텅 빈 센딩팟을 쳐다보며 순식간에 사라진 오누이가 자기 말을 들었을지 궁금해했다.

"엄마야!"

"어이쿠!"

마린과 노을이 손을 맞잡고 떨어진 곳은 어느 허름한 시골 창고였다. 나무판자로 얼기설기 지어진 건물은 볼품없이 낡아 있었다. 훈련 비행기를 보관하는 격납고라는 이름에는 많이 모자란 외양이었다.

"저기 좀 봐!"

노을은 엉덩이에 묻은 흙을 털다 누나가 가리키는 창고 안을 들여다보았다. 안에서 프로펠러 돌아가는 소리가 들렸다. 오누이는 재빨리 창고 안으로 뛰어 들어갔다.

"엄마!"

"아빠!"

쌍엽비행기의 엔진 출력을 시험하고 있던 정대양 부부가 돌아섰다. 정대양은 손에 쥐고 있던 렌치를 툭 떨어트렸다. 곁에 서서 설계 도면을 챙기던 고아라도 종이를 놓쳐 버렸다.

"마린아!"

"노을아!"

네 식구는 서로에게 달려들어 얼싸안고 경중경중 뛰었다. 아버지와 아들은 흑흑 울음을 놓았고 엄마와 딸은 서로의 얼굴을 쓰다듬느라 여념이 없었다.

"마리우스 박사님이 타임머신 개발에 드디어 성공하셨구나."

"엄마 아빠는 너희가 찾으러 올 거라고 믿고 있었단다."

정대양과 고아라는 오누이를 붙잡고 앞뒤로 살피느라 수선을 떨었다. 못 보던 사이에 훌쩍 커 버린 딸과 아들이 그저 대견하고 기특한 표정이었다. 네 식구는 비행기 꼬리 날개 아래에 서서 밀린 이야기를 나누었다.

정대양이 마린을 향해 말했다.

"좀 전에 보낸 시그널이 무사히 프록시마에 닿았구나. 그러니 너희가 이렇게 빨리 왔지."

마린이 고개를 저으며 권기옥과 만난 이야기를 했다.

고아라가 손뼉을 치며 놀라워 했다.

"세상에나! 이렇게 신기한 인연이 다 있다니."

정대양이 턱을 주억거리며 말했다.

"사실은 아까 위치추적기와 쌍엽비행기에 장착된 무전 송신기를 연결해서 프록시마로 신호를 보냈거든. 그런데 그 순간 기옥이 그 장면을 본 거야. 말 그대로 딱 걸린 거지. 가슴이 철렁했지만 사실대로 말해 주었다. 기옥은 학교에서 엄마 아빠를 누구보다 신뢰하고 따랐던 학생이거든. 우리도 성실한 모범생 기옥을 동지처럼 생각하고 있었지. 그래서 거짓말을 할 수 없었어. 그런데 그 얘기를 12년이나 가슴속에 간직했다가 너희를 만나서 여기로 올 수 있게 얘기해 주었다니 가슴이 벅차구나."

정 부부가 웜홀에서 시공간 왜곡에 휩쓸려 타임 슬립을 한 후, 위치추적기는 한동안 전원이 들어오지 않았다. 고아라는 위치추적기가 웜홀의 강력한 전자파에 영향을 받아 고장 난 것이라고 여겼다. 두 사람은 위치추적기를 되살려 보려 갖은 방법을 다 동원했다. 하지만 20세기 초 중국 땅에 몇백 년이나 앞선 기계장치를 수리할 만한 도구는 존재하지 않았다. 정대양은 그런데도 포기하지 않았다고 했다.

"위치추적기에는 영구 에너지 칩이 내장되었잖아. 언젠가는 다시 작동될 거라고 믿고 있었어."

고아라가 남편의 말을 거들었다.

"엄마 아빠에겐 이것밖에는 남지 않았으니까. 프록시마, 아니 너희에게 돌아갈 수 있는 수단이라고는 이것밖에는 없었으니까."

고라아의 말에 울음을 그쳤던 노을이 다시 훌쩍거리기 시작했다. 정대양이 아들 어깨를 다독이며 설명을 계속했다.

"학생 때 들었던 수업 내용이 생각나더구나. 20세기 과학발전은 전쟁 무기 발달과 궤를 같이한다는 이야기 말이다. 애석하게도 지구 인류 문명과 과학의 발전은 1, 2차 세계대전 때 급속도로 이루어졌거든. 그 생각이 떠오르자 엄마랑 수소문을 시작했지. 과학발전의 최첨단을 걷는 군비 분야가 무엇인지.”

노을이 눈가를 훔치며 정대양의 말을 받았다.

“그래서 항공학교에 오신 거군요.”

“그래. 우리 눈에는 석기시대 돌도끼처럼 느껴지지만, 이 쌍엽비행기는 훌륭한 엔진과 무전 기능을 갖추고 있어. 이 시대에서 찾을 수 있는 최고 성능이지.”

운남항공학교에 취직한 후, 고아라는 쌍엽비행기에 장착된 무선 송수신기와 프록시마의 위치추적기를 연결해 보았다. 몇 번의 시도 끝에 위치추적기는 비행기에서 흘러나오는 강력한 전력과 주파수 덕분에 다시 깨어났다. 기옥이 허공에 뜬 파란 홀로그램을 목격한 순간이 바로 위치추적기가 재가동되는 순간이었다. 기옥이 놀라움에 걸음을 멈추었을 때 고아라는 현재 위치와 시간을 입력해 전송을 마쳤던 것이다.

오누이는 부모의 설명을 들으며 회상에 빠져들었다. 눈앞에 지금까지 지나온 우여곡절이 주마등처럼 스쳤다. 우연이라고 일축했던 일들이 필연의 결과였다는 생각이 들었다. 그 필연은 무슨 일이 있어도 서로를 찾고 말겠다는 네 식구의 간절한 바람이 빚어낸 에너지의 총합이었다.

마린이 식구들을 돌아보며 말했다.

“지체할 시간이 없어요. 얼른 프록시마로 돌아가요. 마리우스 박사님이 눈 빠지게 기다리셔요.”

모두 고개를 끄덕이는데 노을이 아 참, 하며 물었다.

“그런데 여기 학교 선생님으로 계셨다면서요. 말도 없이 갑자기 떠나도 될까요?”

고아라가 아들 머리를 쓰다듬었다.

“걱정하지 마. 어제 졸업식 때 학생들에게 작별 인사를 했으니까.”

정 부부는 위치추적기가 쏘아 올린 신호가 프록시마에 닿았을 거라고 굳게 믿었다. 따라서 졸업식을 앞두고 미리 교장을 찾아가 사임 의사를 밝혔다. 학교에서는 정 부부의 사임을 매우 아쉬워했다.

정대양이 딸과 아들을 향해 말했다.

“원래 불시착한 방랑자는 한곳에 오래 머무를 수 없단다.”

시간이 흐르고 친분이 쌓이면 실수는 잦아지기 마련이었다. 연거푸 벌이는 실수 끝에는 비밀이 탄로 나게 되는 법이었다. 노을은 아빠 말이 무슨 뜻인지 알았다. 그 역시 지난 탐사 때 폭탄 기술자 마자린과 함께 숙식하며 몇 번씩이나 프록시마인의 버릇을 들킬 뻔한 경험이 있었다.

“그럼 이제 집으로 돌아갈 일만 남았네요.”

노을이 한결 가벼워진 표정으로 말했다. 마린도 수긍을 묻는 눈빛으로 부모를 쳐다봤다. 부부는 고개를 끄덕이다 서로를 바라봤다. 마치 할 얘기가 있는데 지금 할까 하는 분위기였다.

정대양이 나섰다.

"먼저 한 가지 말해 둘 게 있단다."

"뭔데요?"

고아라가 대신 대답했다.

"얘들아, 엄마 아빠는 곧 다시 헬조선으로 돌아와야 할지도 몰라."

오누이는 멍한 표정이 되었다.

마린이 어깨에 걸친 아빠 팔을 살며시 내려놓았다.

"돌아오시다뇨? 엄마 아빠를 어떻게 찾았는데 다시 헬조선으로 가시겠다는 거예요?"

노을도 덧붙였다.

"왜요? 무엇 때문에 다시 와요?"

정대양이 다시 아들과 딸을 감싸 안았다.

"우선 집으로 돌아가자. 가서 얘기해도 늦지 않아."

정대양은 쌍엽비행기의 엔진을 끄고 뒷정리를 했다. 노을이 아빠를 도왔다. 마린과 엄마는 나무 상자에 걸터앉아 밀린 얘기를 나누었다.

"자, 집에 가자!"

마린과 노을은 부모를 한 사람씩 맡아 타임 슬립을 하기로 했다. 정대양과 노을이 두 손을 마주 잡고 고아라와 마린도 똑같이 했다. 이렇게 네 식구는 서로 손을 꼭 맞잡고 눈을 감았다. 마린이 손목시계에 프록시마로 향한 좌표를 입력하자 곧 하얀빛이 네 사람을 감쌌다. 번쩍하는 빛이 순식간에 사라지고 격납고 안에는 프로펠러가 멈춘 쌍엽비행기만 덩그러니 남았다.

인연의 시작점

- - - - - - - - - - - - - - - -

프록시마 별 전체가 들썩였다. 호라이즌호에서 탈출했던 선원들은 감격의 눈물을 흘렸다. 호라이즌호가 거대한 선체로 자신들이 탄 탈출선이 웜홀에 휩쓸리지 않게 가로막던 장면을 잊을 수는 없었다. 그 때문에 대다수는 프록시마로 돌아온 후에도 심한 트라우마에 시달렸다. 선원들은 악몽을 꾸었다. 지옥의 구렁텅이에 빠지는 우주선이 나오는 꿈이었다. 그랬던 그들이 오늘에야 해방된 죄수처럼 기쁨의 환호성을 올렸다.

정대양 부부의 귀환 환영식이 열렸다. 역사복원위원회 대회의실이 축하객으로 가득 들어찼다. 초대된 손님들은 너 나 할 것 없이 정대양 가족에게 악수를 청하고 무사 귀환을 축하했다. 마리우스 박사도 사방에서 쏟아지는 찬사와 칭송에 몸 둘 바를 몰라 했다. 사회를 맡은 피코 박사가 분위기를 한껏 돋우며 건배를 제안했다.

"자, 여러분! 모두 잔을 드십시오. 정대양 선장과 고아라 항해사의 무사 귀환을 축하하며 건배!"

다들 자리에서 일어나 들뜬 얼굴로 서로에게 눈을 맞추며 잔을 부딪쳤다. 장경은 위원장이 옆에 앉은 마리우스 박사와 건배하며 나직이 속삭였다.

"제가 분명 두 대원의 타임 슬립을 불허했는데 그날로 지구에 보내셨다고요?"

분명 친절한 웃음을 곁들인 말씨였으나 그 안에는 따끔한 가시가 박혀 있었다. 마리우스 박사가 찔끔 눈을 감으며 난처한 표정을 지었다. 물론 그 우스꽝스러운 얼굴에는 장난기가 잔뜩 어려 있었다. 장 위원장은 낮은 한숨과 함께 잔에 든 술을 한 모금 마셨다. 그리고 이렇게 덧붙였다.

"정대양 선장과 고아라 항해사가 무사 귀환했으니 정상참작은 하겠지만 명심하세요. 징계위원회에서 곧 연락이 갈 겁니다."

마리우스 박사는 술잔을 또 한 번 위원장의 잔에 부딪치며 말했다.

"부디 너그러운 아량을 베풀어 선처해 주시길 부탁합니다."

장 위원장은 엄격한 표정을 풀지 않은 채 건배를 했지만 술을 한 모금 마시며 살며시 미소를 지었다. 마리우스 박사는 그 모습을 곁눈질로 놓치지 않았다. 장 위원장은 헬조선 원정대의 원칙을 지키기 위해 엄격한 모습을 보이지만 누구보다도 박사와 오누이에게 고마운 마음을 품고 있었다. 정대양 부부를 어떻게 해서든 찾아내야 한다고 주장한 사람도, 케이스타의 개발과 헬조선 원정대의 결성을 적극적으로 추진하고 마리우스 박사의 연구를 지지해 준 이도 그녀였다. 타임머신과 헬조선 원정 경험이 두 사람을 찾는 열쇠가 되어 줄 거란 구상 역시 장경은 박사한테서 나온 것이었다.

"모두 위원장님 덕분입니다."

마리우스 박사가 나지막이 중얼거리자 장 위원장이 어깨를 으쓱했다.

"제 덕분이라뇨. 오늘과 같은 결과는 박사님이 보이신 불굴의 의지 덕분입니다."

두 사람은 다시금 잔을 부딪치며 서로를 격려했다.

한바탕 잔치가 끝나고 네 식구가 집으로 돌아왔다. 고아라는 현관문이 스르르 열리자 숨을 깊게 들이쉬었다.

"아, 이 얼마나 그리워하던 우리 집 냄새인가!"

정 선장도 아내 옆에 꼭 붙어 서서 눈을 감고 심호흡을 했다.

노을이 마린의 귀에다 대고 소곤거렸다.

"엄마 아빠가 전보다 훨씬 더 친해진 거 같지 않아?"

마린이 손으로 입을 가린 채 대답했다.

"응, 확실히! 헬조선으로 불시착하고 역경을 헤쳐 나오느라 사랑이 더 돈독해진 거 같아."

부부는 손을 꼭 잡고 현관 안으로 들어갔다. 오누이는 흐뭇한 표정으로 그 뒤를 따랐다.

"카이, 우리가 없는 동안 집 챙기느라 수고 많았어."

엄마가 홈봇 카이가 내미는 꽃다발을 받아 들며 말했다.

"안방마님께서 워낙 꼼꼼히 절 세팅해 놓으신 덕분에 큰 어려움은 없었습니다."

"엥? 안방마님이 누구야?"

엄마가 뜬금없다는 표정으로 마린을 돌아보았다.

마린이 콧방귀를 핑 뀌었다.

"얼마 전 노을이가 카이에게 19세기 조선 생활사 수업에서 배운 호칭을 코딩해서 그래요. 아빠는 아마 대감마님일걸요? 저는 더 해요. 얼마나 한심한 호칭인지, 안 그래, 카이?"

정 선장이 대감마님이란 소리에 키득거리는데 카이가 멀쩡한 표정으로 대답했다.

"예, 아가씨 말씀이 맞습니다."

"아가씨라고 부르지 말랬다!"

마린이 낮게 으르렁거리며 노을을 째려보았다.

"너 내가 몇 번이나 말했어! 카이 호칭 옵션 재설정하라고 했지!"

"왜 어때서? 친근하고 좋잖아. 마님, 도련님!"

"뭐야? 이게 정말!"

노을이 느물거리자 마린이 덤벼들었다. 남매는 실로 오래간만에 마음 놓고 티격태격했다. 자신들을 야단치고 말려 줄 부모가 있다는 뱃심에 실컷 싸울 수 있는 지금이 너무 행복했다.

"아이고, 시끄러워! 여보, 우리가 집에 돌아오긴 온 모양이에요."

고아라가 오누이 사이로 끼어들어 호통을 치다 웃음을 터트렸다. 정대양은 소파에 느긋하게 앉아 이 모든 광경을 감상할 뿐이었다.

카이가 있는 솜씨 없는 솜씨 총동원해서 식탁을 차렸다. 식탁 한가운데에는 소담스러운 꽃병까지 놓였다. 부부는 감격 어린 표정으로 수저를 들었다. 집 밥상을 받아 본 게 3년 만이었다. 마린은 비어 있던 자리가 그 주인들로 들어찬 모습이 감격스러웠다. 노을은 엄마 아빠에게 자신이 얼마나 밥을 잘 먹는 아들인지 보여 줄 심산인지 가열차게 먹어 댔다. 사실 가족 중 누구도 배가 고프진 않았다. 환영회 식장에서 이미 화려한 뷔페로 포식을 한 상태였다. 그래도 식구끼리 오붓하게 밥상에 둘러앉고 싶은 마음은 마음대로였다.

한창 밥을 먹던 노을이 문득 고개를 들었다.

"아빠, 호라이즌호를 되찾으면 다시 제3지구 탐사 떠나실 거예요?"

그 말에 나머지도 동시에 숟가락질을 멈추었다. 잠시 정적이 흐르고 모두의 눈길이 아빠의 입에 모였다. 정 선장은 잠시 심사숙고하더니 말문을 열었다.

"호라이즌호를 되찾을 수 있다면 더 바랄 게 없겠지. 엄마와 나의 소명도 거기에 있고."

그 말에 고아라도 숟가락을 놓으며 고개를 끄덕였다.

"아까 박사님께 들으니 호라이즌호의 마지막 시그널이 지구 근처에서 잡혔대."

마린이 조심스럽게 말을 꺼냈다.

"그럼 조만간 다시 20세기 헬조선으로 돌아가실 거예요?"

정 선장이 턱을 만지작거렸다.

"말이 나온 김에 얘들아! 우주선도 우주선이지만 20세기 헬조선에 가서 은혜를 갚아야 할 분이 계셔."

노을이 물었다.

"권기옥 비행사요?"

"물론 우리가 너희들과 함께 무사히 집으로 돌아올 수 있었던 건 기옥 양의 공이 커. 하지만 그보다 먼저 은혜를 갚아야 할 분이 있단다. 엄마 아빠 생명의 은인."

노을이 궁금해 못 견디겠다는 듯 팔짱을 꼈다.

"그러니까 그게 누군데요?"

정 선장 대신 고아라가 말했다.

"의열단을 이끌고 계시는 약산 김원봉 선생이셔. 너희에게도 소개해 주고 싶을 만큼 훌륭한 분이시다."

마린과 노을은 김원봉이란 이름에 서로를 멍하니 쳐다보았다.

그리고 한꺼번에 웃음을 터트렸다.

"약산 선생님이 엄마 아빠를 구해 주신 생명의 은인이라고요?"

"세상에나! 어쩜 이런 인연이 다 있지?"

"아빠, 빨리 얘기해 주세요. 무슨 일이 있었던 거죠?"

"궁금해 죽겠어요. 어서요!"

아이들이 숨도 안 쉬고 부모를 채근했다. 정대양 부부는 뜻밖이라는 듯 말을 더듬었다.

"너, 너희가 김원봉 선생님을 알아?"

마린이 키들거리며 손짓을 했다.

"저희 얘기는 차차 하기로 하고 얼른 엄마 아빠랑 약산 선생님 사연 먼저 말씀해 주세요."

고아라가 두 아이를 가만히 들여다보았다.

"여보, 애들이 원정대 탐사 때 약산 선생님을 만난 모양이에요."

정대양이 고개를 끄덕였다.

"하긴 일제강점기 전반기라면 약산 선생님을 빼놓고는 역사가 안 되니까."

그 말에 아이들도 맞아요, 라며 맞장구를 쳤다.

정대양이 빙긋 웃으며 아내를 건너다봤다. 고아라가 차근차근 이야기를 풀어나갔다.

"웜홀의 시공간 왜곡 터널은 마치 VR 영화관 같았어. 우리를 둘러싼 4차원 공간은 라인 튜브처럼 끝없이 길게 이어져 있었지. 수

많은 빛-우리는 그것이 여러 개의 은하라고 믿었단다-이 쉴 새 없이 스치듯 지나갔어. 엄마랑 아빠는 겁에 질릴 새도 없이 어디론가 무섭게 빨려 들어갔단다."

부부는 생전 겪어 보지 못한 세찬 에너지에 압도되었다. 정신을 잃지 않기 위해 안간힘을 쓰는 것밖에 할 수 있는 일이 없었다. 시간이 얼마나 흘렀을까? 단 몇 초의 시간인 듯도 했고 영겁의 시간이 흐른 듯도 했다. 갑자기 주변이 캄캄해지더니 쿵 하는 소리가 났다. 그 소리는 부부가 거친 땅바닥에 엉덩방아를 찧는 소리였다.

"여, 여기가 어디지?"

고아라는 뺨을 에이듯 닥쳐드는 칼바람에 정신이 번쩍 들었다. 두 사람은 황량한 들판 한가운데 홀로 우뚝 선 느티나무 아래였다. 고아라를 꼭 끌어안고 있던 정대양이 고개를 들어 두리번거렸다.

"어느 별에 불시착한 거 같은데?"

고아라가 얼른 손목에 찬 스마트 링을 들여다보았다. 자신들을 둘러싼 환경 조건이 위험한지 가늠하기 위해서였다.

"기온 영하 12도, 기체 성분 중 산소 함유량이 60퍼센트, 방사능 수치 거의 없고 이산화탄소와 약간의 질소만 포함되어 있어."

고아라가 안도의 한숨을 내쉬었다.

정대양이 끝없이 펼쳐진 들판을 바라보며 중얼거렸다.

"꼭 지구 공기를 분석한 거 같네."

"지구? 지구!"

고아라가 남편에게서 떨어져 앉으며 다시 스마트 링을 만지작거렸다.

"우리가 있는 곳의 우주 좌표를 확인해 봐야겠어."

하지만 스마트 링에서 불빛이 사그라들더니 이내 전원이 나가 버렸다. 고아라가 실망에 차 혀를 찼다. 남편이 아내의 등을 다독였다.

"웜홀을 통과하면서 방전되었을 거야. 방금 대기 성분 분석하는 걸로 마지막 남은 에너지를 써 버린 거고."

그 말에 고아라는 왼쪽 가슴에 달린 위치추적기를 들여다보았다. 추적기 역시 전원이 들어오지 않았다. 정대양의 것도 마찬가지였다. 정대양이 자리에서 일어났다.

"여기가 어디건 일단 추위를 피할 수 있는 곳부터 찾아야겠어. 곧 해가 질 것 같은데 날이 어두워지면 기온이 더 떨어지거든."

정대양이 서둘러 길을 나서려는데 뒤에서 고아라가 중얼거렸다.

"해? 노을이 진다고? 그러면 여기 지구가 맞는단 얘기잖아."

그 말에 정대양이 발걸음을 멈추었다. 당연한 얘기지만 이들은 실제로 태양을 본 적이 없었다. 하지만 끝없이 이어진 지평선 위로 발갛게 물드는 석양을 보자마자 저절로 그것이 해라는 걸 알 수 있었다. 본능 혹은 DNA에 각인된 기억의 발로였다.

"대기의 질로 봐서는 기후 재앙이 시작되기 전 청정 시대 같은데."

프록시마 역사가들은 지구의 21세기 이전 시대를 '청정 시대'라고 불렀다. 19세기 초부터 자연계를 오염시키는 과학 문명이 발전했지만 한 세기 후까지는 지구가 자정작용을 통해 균형을 유지했기 때문이다. 자정작용은 100년도 안 되어 한계를 드러냈고 지구는 망가지기 시작했다. 21세기로 들어서면서 걷잡을 수 없이 진행된 기후변화는 엄밀히 따지면 19세기와 20세기, 200년에 걸친 생태계 착취의 결과였다. 프록시마로 이주한 인류의 후손들은 청정 시대의 지구를 신화 속 낙원처럼 그리워하고 상상했다. 부부는 자신들이 그 동경의 자리에 있다고 믿고 싶었다. 그렇다는 증거를 찾고 싶었다.

"정확히 어느 시대인지 알면 좋을 텐데…."

고아라는 군복 사이로 파고드는 겨울바람에 목소리가 떨렸다. 정대양이 아내를 감싸며 걷기 시작했다. 어디로 가겠다는 작정도 없었지만 한 자리에서 곱다시 얼어 죽고 싶지는 않았다.

부부는 들판 한가운데 난 마차 바퀴 자국을 발견하고는 곧 길로 접어들었다.

"모든 길은 로마로 통한다! 이 길을 따라가다 보면 도시든 마을이든 사람이 사는 곳에 닿을 거야."

정대양이 밝게 얘기하는데 길 앞쪽 멀리서 먼지구름이 이는 것이 보였다. 고아라가 손으로 가리키며 눈을 찌푸렸다.

"저게 뭐야?"

정대양이 뭐라 대꾸하려는데 갑자기 발밑이 우르르 울렸다. 동시에 먼지구름이 두 사람 앞으로 닥쳤다.

"어맛!"

고아라는 눈, 코, 입으로 닥쳐 들어오는 모래와 흙먼지를 피하느라 얼굴을 가렸다. 정대양은 먼지구름의 정체를 알아내려 눈을 부릅떴지만 닥쳐드는 말발굽에 몸이 휘청 기울었다. 먼지구름의 정체는 다름 아닌 마적단이었다. 만주 일대에서 악명을 떨치며 약탈과 방화, 청부 살인을 돈벌이 수단으로 여기는 중국인 도적 떼였다.

맨 앞에서 말 고삐를 잡아당기는 사내가 큰소리로 외쳤다.

"어디서 온 놈들이냐?"

물론 만다린어로 내쏘는 말이었다. 정대양 부부가 알아들을 리 만무했다. 스마트 링이 켜져 있다면 지구 언어 번역기를 작동시켜 간단히 해결할 문제였다. 하지만 기계는 좀 전에 방전된 후 팔찌처럼 손목에서 달랑거릴 뿐이었다.

수염이 덥수룩한 사내가 이 도적 떼 두목인 듯 보였다. 담비 털로 만든 외투를 입고 양쪽 어깨에 총탄 띠를 십자 모양으로 맸다. 손에 들린 장총은 기름기가 반질반질했다. 그의 옆으로 늘어선 도적들이 말을 탄 채 부부를 빙 둘러싸기 시작했다. 부부는 갑작스러운 상황에 겁이 났지만, 침착을 잃지 않았다. 정대양이 입속말로 물었다.

"어떡하지, 여보?"

등을 맞대고 서 있는 고아라가 조용히 속삭였다.

"강도라는 범죄자 집단 같아. 우리한테 빼앗을 물건이 없다는 걸 알면 물러갈 거야."

고아라가 남편의 손을 꼭 쥐며 말했다. 아무런 근거도 없는 전망이었지만 지금 이 자리에서 할 수 있는 말은 그게 전부였다. 고아라기 신호를 주듯 고개를 끄덕이자 정대양이 앞으로 나섰다.

"우리에겐 아무것도 없소. 부디 목숨만 살려 주시오."

도적 떼 두목은 정대양의 말소리를 듣자 이마를 찌푸렸다.

"조선인이냐?"

부부가 알아듣지 못하고 눈만 깜빡거리자 두목 옆에 있던 사내가 이상한 억양으로 물었다.

"조선 사람?"

정대양과 고아라는 이 말을 알아듣고 얼른 고개를 끄덕였다.

"그렇소. 대한민국 아니 조선말을 할 줄 아는 사람이오. 당신들은 국적이 어떻게 되시오?"

정대양이 사내를 향해 물었으나 도적들은 저들끼리 중국말로 떠들기 시작했다. 그리고 사내 둘이 말에서 내려 부부에게 달려들었다. 부부는 순식간에 밧줄에 묶여 포박당했다.

"왜 이러는 거요? 우린 가진 게 아무것도 없소!"

정대양이 발버둥 치며 반항했지만 소용없었다. 부부는 도적 떼가 자신들을 일본 헌병대에 넘기고 몸값을 받을 작당을 하고 있다는 걸 알 도리가 없었다. 부부가 입은 옷이 이들의 눈에 군복처럼 보인다는 사실도 깨닫지 못했다. 부부는 두 손이 묶인 채 말꼬리에 매달려 걷기 시작했다.

정대양은 눈앞이 캄캄했다. 웜홀에 빠져 타임 슬립 한 곳이 겨우 범죄 집단이 횡행하는 무법천지라니 믿을 수 없었다. 청정 시대 지구에 도착했다고 들떴던 자신이 얼마나 한심하고 안일했는지 후회막급이었다. 게다가 방법이 없었다. 프록시마에 있는 아이들에게 돌아갈 계획은커녕 당장 목숨을 빼앗기지 않기 위해 뭘 어떻게 해야 하는지 방도가 떠오르지 않았다. 정대양은 옆을 돌아보았다. 나는 죽더라도 아내는 꼭 살려 내리라는 각오를 다지는 중이었다. 고아라는 뜻밖에 침착한 표정으로 앞만 보고 걷고 있었다. 위기가 닥치면 닥칠수록, 곤란에 빠지면 빠질수록 침착해지는 그녀의 옆얼굴을 보니 안심이 되고 용기가 솟았다.

마적 떼는 말 안장 위에서 끝없이 떠들어 댔다. 얼핏 들으면 싸우는 소리 같기도 하고 허풍 떨며 잘난 체하는 소리 같기도 했다. 그들은 마치 치열한 전투에서 승리한 후 전리품을 획득해 귀환하는 군인처럼 의기양양했다.

정대양이 머리가 터지라고 빠져나갈 궁리를 하는데 갑자기 탕, 하는 권총 소리와 함께 두목 옆에 있던 사내가 말 위에서 떨어졌다. 말들이 놀라 사방으로 흩어져 뛰기 시작하고 마적 두목은 총소리가 난 쪽을 향해 장총을 쏘기 시작했다. 정대양은 얼른 아내를 수풀 사이로 엎드리게 하고 그 위로 엎어졌다. 부부는 머리를 감싼 채 꼼짝하지 않았다.

"탕탕! 피융! 피융!"

살벌한 총소리 사이사이 고함과 외마디 비명이 들렸다.

"억!"

"으악!"

사람의 목숨이 끊어지는 살벌한 소리였다. 부부는 난생처음 겪는 상황에 혼이 나갈 지경이었다. 마른 땅 위에 얼굴을 처박고 숨조차 제대로 쉬지 못했다. 제발 아무렇게나 쏜 총알이 자신들 머리로 향하지 않기만을 바랄 뿐이었다.

얼마나 시간이 지났을까? 지옥 같은 아비규환이 지나고 사위가 조용해졌다. 정대양이 조심스럽게 고개를 들어 보았다.

"헉! 사람이 죽었어!"

태어나서 처음으로 보는 주검이었다. 프록시마 별에서는 가족이라도 죽은 이의 모습을 보지 못하게 하는 법이 있었다. 임종까지 지키더라도 막상 사망 선고가 떨어지는 즉시 산 사람들과 죽은 이는 분리되었다. 살아 있는, 그리고 앞으로 프록시마 행성에서 살아가야 하는 사람들에게 죽음이라는 개념은 대접받지 못했다. 척박한 개척 별 프록시마에서 죽음이란 되도록 짧고 조용하게 치러야 하는 통과의례일 뿐이었다.

다 해서 여섯이었던 마적 떼 중 넷이 땅바닥에 뒹굴었다. 말 위에서 거만하게 웃으며 정 부부를 내려다보던 두목도 땅에 엎어진 채 자기 몸에서 배어 나오는 피에 잠기는 중이었다. 나머지 둘은 손을 머리 위로 올리고 겁에 질린 표정이었다. 그들 발아래 총이 나뒹굴었다. 정대양은 자신에게 등을 보인 채 마적들의 손을 묶고 있는 사내에게 다가갔다. 사내는 같이 서 있는 동료를 돌아보며 이렇게 말했다.

"이 둘은 대한독립군 부대로 넘겨서 취조받도록 하지."

그 말은 틀림없는 조선말, 그러니까 한국어였다. 정대양은 반가운 나머지 눈물을 왈칵 쏟았다.

"저, 저기 한국인이십니까?"

정대양이 조심스럽게 묻자 남자가 휙 돌아섰다. 부리부리한 눈매, 꼭 다문 입술에 흐트러짐 없는 표정까지 같은 남자가 봐도 반할 만큼 힘 있는 인상이었다. 키는 그리 큰 편이 아니었으나 다부진 체형에다 무엇보다도 온몸에 흐르는 강인한 기운이 앞에 선 사람을 압도했다. 남편 옆으로 온 고아라는 입을 벌린 채 사내를 뚫어져라 쳐다보았다. 사내는 낯선 여인의 노골적인 눈길이 불편했는지 흐흠, 하고 헛기침을 했다.

"어쩌다가 마적단의 먹잇감이 되시었소?"

사내는 부부의 입성을 아래위로 훑으며 미간을 좁혔다. 생전 구경해 본 적 없는 옷이 의심스러운 모양이었다. 한눈에 봐서는 군복처럼 보였지만 어디에서도 마주친 적 없는 생소한 디자인이었다.

부부는 뭐라고 대답해야 할지 몰라 어물거렸다. 그 모습에 사내의 의심 어린 표정이 더욱 굳어졌다.

"어디서 온 누구시오?"

사내는 정대양을 똑바로 보며 물었다.

"우리는….'

거짓말할 줄 모르는 정대양이 우물우물하는데 고아라가 나섰다.

"우린 먼 곳에서 온 여행자입니다. 부탁입니다. 말씀해 주세요. 여기가 어디고 오늘은 몇 년 며칠이죠?"

남자는 앞에 선 여자의 당당한 표정에 어색했는지 헛기침했다.

"길을 잃으셨소?"

정대양이 답했다.

"예, 맞습니다. 길을 잃었습니다."

"어디로 가시는 길이었소? 내 어디든 행로를 알려 드리리다."

고아라가 얼른 끼어들었다.

"집으로 가는 길을 잃어버렸습니다. 그러니 먼저 여기가 어디고 어느 시대인지 말씀해 주세요."

정대양이 옆에서 듣기에도 고아라의 대답은 엉뚱했다.

"여, 여보! 그렇게 얘기하면 누가 알아듣겠어."

정대양이 남자의 눈치를 보며 아내를 말렸다. 남자는 여유만만한 태도 그대로 부부가 하는 양을 구경하는 모양새였다.

다시 고아라가 말했다.

"먼저 인사부터 해야 했는데, 저희 부부를 구해 주셔서 감사합니다. 선생님이 아니었다면 어떻게 되었을지 오싹하네요."

"아! 내외간이셨군요. 인사는 되었습니다. 같은 조선인끼리 당연한 일을 했을 뿐입니다."

남자는 손사래를 치며 겸양을 떨었다. 하지만 방금 고아라의 인사말이 그의 마음속 빗장을 헐겁게 한 모양이었다. 남자는 말 고삐를 쥔 채 살짝 고개를 숙였다.

"저야말로 죄송합니다. 방금 열흘 넘게 잠복 추적했던 마적단을 소탕하고 나니 들떴나 봅니다. 잠시 예의를 잊었습니다."

남자는 자기소개부터 하고 상대방의 신원을 물었어야 했다고 사과했다.

"나는 김원봉이라 합니다. 호는 약산. 일제에 맞서 조선 독립을 쟁취하기 위해 동분서주하고 있소이다."

김원봉이라 소개한 사내가 정대양을 향해 손을 내밀었다. 정대양이 흔쾌히 악수를 했다.

"저는 정대양 선장이라고 합니다."

"선장? 그럼 배를 모는 선원이란 말씀입니까?"

김원봉이 의아한 눈으로 부부를 쳐다봤다. 정대양이 대답했다.

"얘기하자면 사연이 깁니다. 그리고 이쪽은 제 아내이자 우리 배 일등항해사인 고아라 선임입니다."

김원봉은 적잖이 놀란 눈으로 고아라를 쳐다봤다.

"여인의 몸으로 항해사라! 일찍이 들어 보지 못한 재원이올시다그려."

고아라가 의아한 듯 물었다.

"항해사가 되는데 성별이 무슨 상관이 있죠?"

김원봉이 살짝 당황해 머리를 저었다.

"어이쿠, 제가 실언했습니다. 예, 맞는 말씀입니다. 세상에 한몫 하는 데 남녀의 구별이나 차별은 없어야지요. 저희 단원 중에도 여성이 한 명 있으니까요."

김원봉이 정대양을 향해 허허 웃었다. 정대양도 마주 웃었다. 가운데 선 고아라만 싸늘한 표정 그대로였다.

웃음을 그친 김원봉이 제안했다.

"보아하니 두 분 함부로 말 못 할 사연이 있어 보입니다. 우선 제 숙소로 가서 요기부터 합시다. 한숨 돌리고 나서 사정을 들어 보죠. 제가 도울 일이 분명 있을 겁니다."

김원봉은 부부의 답은 듣지도 않고 앞장서 걷기 시작했다. 그러다 갑자기 멈추어 서서 뒤를 돌았다.

"아! 오늘은 서기 1923년 1월 11일이고 여기는 만주 길림성 부근 조선인 정착 마을에서 50리 떨어진 곳이오."

김원봉은 짤막한 말을 던지고 다시 걷기 시작했다.

"약산 선생이 의열단 아지트에 우리를 초대했단다. 네 엄마와 난 그의 호의와 진심을 외면할 수가 없었어. 그래서 사실대로 다

애기했지."

정대양은 아련한 추억을 더듬듯 눈을 가늘게 떴다.

노을이 머릿속으로 바삐 계산하더니 고개를 끄덕였다.

"그렇다면 제가 상해에서 약산 선생님을 만났을 때가 1923년 2월 초니까 그땐 이미 선생님이 엄마 아빠와 만난 후군요."

노을은 지난번 현계옥을 만나 활약을 벌였던 일을 모조리 애기했다.

"어머나! 노을아! 우리가 열차에서 쫓겨날 때 네가 거기 타고 있었단 말이니?"

"네, 엄마. 그때 베일을 드리운 모자에 투피스 정장을 입고 있으셨죠?"

노을이 정확히 기억해 내자 고아라의 눈이 휘둥그레졌다.

"세상에나, 노을아!"

고아라는 아들을 부둥켜안았다. 흥분에 휩싸인 아내 대신 정대양이 이야기를 이었다.

"약산 단장은 우리가 다시 고향 별로 돌아가길 바란다며 물심양면으로 도움을 주었단다. 엄마와 내가 상해에 도착해 기옥 양을 만날 수 있었던 것도 따지고 보면 김원봉 단장의 아이디어 덕분이었지."

"상해로 가시죠!"

김원봉이 탁자를 살짝 내리치며 외쳤다. 작은 오두막 거실에 둥근 탁자가 놓여 있었다. 탁자 주위로 둥글게 둘러앉은 세 사람은 방금 단출한 식사를 마친 참이었다.

"상해라니요?"

뜨거운 차를 홀홀 불던 정대양이 머리를 들었다.

"예, 두 분 말씀을 들으니 솔직히 반의반도 믿기지 않습니다. 하지만 정 선장님은 몰라도 고 항해사님의 진솔한 심정 고백에는 의심을 매달 수가 없군요."

정대양이 움찔했다.

"아, 아니 왜 제 말은 못 믿고 이 사람 얘기는 신뢰하신다는 건지…."

김원봉은 정대양의 볼멘소리가 우스운지 속웃음을 웃었다.

"정 선장님이 길게 설명하신 우주여행, 시간 여행, 프? 프록시마? 발음도 어려운 이상한 별 이야기는 솔직히 말씀드리면… 하나도 믿기지 않습니다. 다만 고향에 두고 온 아이들에 대한 그리움과 걱정, 그리고 부모가 건재하다는 걸 어떻게든 알리고 싶은 간절함은 제 마음에 와닿았습니다. 자식에 대한 어머니의 사랑은 동서고금을 막론하고 인류 보편의 감정이니까요."

고아라가 궁금한 게 있다며 탁자에 바짝 다가앉았다.

"그런데 왜 상해로 가라고 하시는 거죠?"

"상해는 동양 최대의 국제도시입니다. 그곳엔 전 세계의 모든 소식이 가장 일찍 도착하기도 하고 그만큼 다양한 정보와 사람이 모여 있는 곳이기도 하죠. 또 우리 임시정부 청사가 상해 프랑스 조계지 내에 있으니 그리로 찾아가십시오. 저한테 한 이야기를 전부 털어놓으실 필요는 없을 겁니다. 제가 추천장을 써 드릴 테니 임시정부에서 우선 신분증부터 발급받으세요. 그래야 귀향을 위한 계획을 도모할 수 있는 여지가 생길 테니까요."

부부는 김원봉의 사려 깊은 도움에 감동했다.

고아라가 추억에 잠긴 채 말끝을 아물거렸다.

"우린 약산 단장에게 약속했어. 은혜를 갚을 기회가 주어지는 대로 다시 가겠다고 말이야. 이젠 프록시마로 언제든지 돌아올 수 있는 길이 열렸잖니. 그러니 엄마 아빠는 다시 의열단 본부로 돌아가야 해."

마린이 조심스럽게 입을 뗐다.

"엄마 아빠 뜻이 무언지 충분히 이해해요. 그런데 한 가지 걱정이 있어요."

노을이 누나의 말을 가로챘다.

"역사 불간섭 원칙에 위배되는 타임 슬립은 허락되지 않을 거라는 뜻이지?"

마린이 부모 눈치를 보며 고개를 끄덕였다.

"마리우스 박사님은 몰라도 장경은 위원장님은 절대 용납하지 않으실 거예요. 엄마 아빠께는 미안한 말씀이지만 다시 1923년 상해로 가서 김원봉 단장님을 만나고 또 돕는 일은 역사에 개입하는 일이 될 테니까요."

부부는 골똘히 고민에 빠져들었다. 오누이는 안타까운 눈길로 부모의 대답을 기다렸다. 드디어 정대양이 말문을 뗐다.

"우리는 20세기 한반도 역사에 간섭하려는 게 아니야. 우리는 그 시대를 치열하게 살며 목숨 바쳐 싸우는 의열단 단원이 되려는 거다. 역사 간섭이 아니라 역사의 일부가 되는 것이지."

마린이 이해할 수 없다며 물었다.

"왜 그렇게까지 하셔야 하는데요? 간신히 우리 네 식구가 모여 집에 돌아왔는데 왜 다시 그 위험천만한 과거 지구로 돌아가시겠다는 거예요?"

마린이 원망이 담뿍 담긴 눈으로 부모를 쳐다봤다. 노을이 끼어들었다.

"난 엄마 아빠 마음 이해할 수 있어. 아빠, 저도 같이 가요. 저도 단장님 만나면 할 얘기 많아요. 누나! 누나도 속마음은 우리랑 같이 가고 싶은 거지? 짤방만 나오면 뒤도 돌아보지 않고 센딩팟으로 달려가는 장본인이잖아."

"그, 그거야 원정대 대원으로서 탐사 명령이 떨어졌으니까 출동…."

마린이 말끝을 흐리며 어물거리는데 노을이 팔짱을 꼈다.

"엄마 아빠 오셨잖아. 다시는 우리랑 헤어지지 않을 거라고 약속도 하셨어. 그러니 그 어른 흉내 좀 그만 내."

고아라가 아들과 딸을 번갈아 보았다.

"어른 흉내라니?"

노을이 대답했다.

"두 분 없을 때 누나가 절 부모처럼 챙겨 주고 보살펴 줬어요. 물론 좀 귀찮고 성가셨죠. 그래도 누나는 새끼 양을 지키는 양치기 개처럼 온통 신경이 곤두서 조금이라도 제가 뭘 잘못할까 봐 혹은 제가 잘못될까 봐 전전긍긍했죠. 그 때문에 누나도 아직 어른이 아닌데 자꾸 어른 흉내를 냈어요. 권위적으로 굴었다는 뜻이 아니에요. 누나는 자기 생각이나 느낌을 최대한 억제하고 뭐든 너무 조심하는 성격이 된 거예요. 하지만 이젠 안 그래도 되잖아요. 안 그래요, 아빠?"

노을의 말에 마린이 고개를 떨구었다. 눈에 고이는 눈물방울을 들키고 싶지 않았다.

'내 심정을 저토록 깊게 헤아리고 있을 줄이야.'

항상 농담 따먹기 아니면 어깃장 놓고 싸움 거는 게 전부인 줄 알았던 동생이다. 그런데 지금 노을의 입에서 나온 말은 마린보다 마린의 마음을 더 정확히 표현했다.

정대양이 마린의 손을 끌어 소파에 앉혔다.

"그동안 우리 딸이 부모 대신 가장 노릇 하느라고 마음고생이 많았구나. 아빠 생각이 짧았다. 너희한테 먼저 허락을 구하고 돌아가든 말든 해야 하는데."

마린이 눈가를 쓱 훔치고 나서 환한 미소를 지었다.

"사실은 저도 현계옥 님과 정칠성 님의 후일담이 너무 궁금해요."

며칠 후, 정대양 가족은 역사복원위원회를 찾았다. 노을 손에 기옥에게서 받은 비행용 고글이 들려 있었다.

회의는 전에 없이 길어졌다. 정대양 부부가 20세기 만주와 상해, 그리고 운남에서 겪은 일을 보고하는 데 한참이 걸렸다.

보고를 끝까지 들은 장 위원장이 손깍지를 꼈다.

"20세기 헬조선을 다시 방문하고 싶다고요?"

정대양 선장이 그렇다고 대답했다.

"우리 아이들이 기옥 비행사와 한 약속을 책임져야 합니다."

순간 회의장이 술렁였다. 둘러앉은 위원들이 한마디씩 내쏘았다.

"지금 헬조선 지구인을 프록시마로 데려오겠단 말입니까?"

"아무리 원정대 대원이 아니라지만 너무 무책임한 거 아닙니까?"

"과거 지구인에게 프록시마 관광이라도 시키겠단 뜻인가요?"

소피아 박사는 타임 슬립이 선조 지구인에게 어떤 정신적 육체적 영향을 끼칠지 연구된 바가 없어서 위험하다고 주장했다. 피코 박사도 프록시마를 방문하고 돌아간 지구인이 비밀을 지킬지 누가 보장할 수 있겠느냐며 우려를 표했다. 위원들이 난상 토론을 벌이면 벌일수록 기옥에게 돌아가는 시공간 여행은 하지 말아야 할 일로 굳어져 갔다. 그때 노을이 자리에서 일어나 천천히 위원장 자리 앞으로 갔다. 노을은 위원장 책상에 가죽과 유리로 된 비행용 고글을 내려놓았다.

"권기옥 비행사를 우리 별로 데리고 오든 안 오든 다시 가서 우리 가족의 재회 사실을 알려야 합니다."

모두의 시선이 기름때가 반질반질한 고글 위로 모였다. 노을은 그 틈을 놓치지 않고 천장 아래 위치한 조정실을 향해 신호를 보냈다. 거기에는 레몬티가 대기하고 있었다. 레몬티는 노을이 기옥에게 고글을 받았을 때 주고받았던 대화 녹취 파일을 재생시켰다. 회의장 안에 차분한 목소리가 울려 퍼졌다.

"이건 일본군 비행 공격 때 썼던 장비예요. 내가 전투 비행사였다는 증거죠. 나에겐 둘도 없는 귀중한 물건이에요. 난 역경이 닥칠 때마다 이 고글을 꺼내서 만져 보곤 해요. 죽음 따위는 두렵지 않다는 결기로 나섰던 그 마음을 되살리고 싶으니까요. 그 마음이 되살아나면 눈앞을 가로막는 곤란을 헤쳐 나갈 힘이 솟아요. 자, 받으세요. 당신이 나를 다시 찾아올 때 이 고글이 길잡이가 되어 줄 거예요."

벌집 속처럼 자글대던 대회의장이 일순간 고요해졌다. 누구 한 사람 섣불리 입을 열려고 하지 않았다. 제각기 권기옥의 육성에 실린 진심과 진지함에 사로잡혀 그녀의 말을 곱씹는 중이었다. 정대양이 천천히 일어섰다.

"비행 고글을 시공간 측정기에 넣어 분석한 결과 권기옥 비행사

를 다시 만나려면 1937년 11월 남경으로 가야 합니다. 가서 기옥
양을 만나 우리 가족의 다사다난했던 타임 슬립 모험기를 마무리
지어야 합니다."

정대양이 자리에 앉고 마린이 다음으로 일어섰다.

"저는 세 번의 원정대 탐사 임무를 수행한 대원입니다. 우리 가
족 중 타임 슬립을 가장 많이 했지요. 저는 임무를 통해 한 가지 깨
달은 점이 있습니다. 바로 역사적 책임입니다. 부모님은 프록시마
인류의 미래를 책임지는 임무를 수행하셨습니다. 노을이와 저는
프록시마인의 정체성을 찾는 과거를 밝히는 임무를 맡았습니다.
물론 역사 불간섭 원칙은 절대불변의 진리입니다. 하지만 안타깝
게도 이번 권기옥 비행사 탐사 때는 불가항력으로 저희의 정체와
임무가 노출되었습니다. 권 비행사는 결론적으로 아무런 대가도
요구하지 않고 우리 가족을 도왔습니다. 그런 분을 외면하거나 무
시할 수는 없다고 생각합니다. 어쩔 수 없이 개입하게 된 역사라면
그 한순간의 역사에 대한 책임도 병행되어야 한다고 생각합니다."

마린의 긴 호소가 끝나자 마리우스 박사가 거들고 나섰다.

"정대양 가족은 우리 프록시마 인류에 공헌한 바가 큽니다. 새
터전 탐사나 원정 모두 함부로 나서지 못할 만큼 위험한 임무입니
다. 이 가족은 자신들의 소명에서 뒷걸음질 친 적이 없습니다. 책
임감 강한 이들에게 기회가 주어져야 한다고 생각합니다. 과거 헬
조선과의 인연을 매듭짓는 기회 말입니다."

마리우스 박사의 제안에 위원들은 깊은 고민에 빠졌다. 장 위원장이 무겁게 입을 열었다.

"시작한 일은 끝을 맺는 게 도리겠지요. 그것도 모두가 만족하는 쪽으로…."

위원장이 좌우에 늘어앉은 위원들과 한 사람씩 눈을 맞추었다. 안토니오 박사가 끙 소리를 냈다.

"섣불리 판단하거나 감정에 치우쳐 결정할 일은 아닙니다. 다만 역사적 책임이라는 정마린 대원의 말에는 설득력이 있어 보이는군요."

맞은편에 앉은 소피아 박사가 보일락말락 턱을 주억거렸다.

장 위원장이 마린 가족을 향해 말했다.

"이 문제에 대한 당사자들의 의향은 충분히 들었다고 생각합니다. 이제 네 사람은 잠시 대기실로 나가서 기다리시죠. 역사복원위원회에서 최종 결정을 내려 통보하겠습니다."

가족이 회의장에서 나온 이후로도 기나긴 회의가 이어졌다. 몇 시간이 흐르고 네 사람은 지쳐 갔다.

"아빠, 아무래도 안 되겠어요."

노을이 지끈거리는 머리를 아빠 팔뚝에 기댔다.

"내가 봐도 그래. 우리가 너무 무리한 요구를 하는 거야, 지금."

고아라가 쓴 입맛을 다시며 미간을 찌푸렸다.

마린이 포기하지 말자며 세 사람을 독려했다. 그때 마리우스 박사가 대기실 문을 열고 들어왔다. 마린은 박사와 눈을 마주친 순간, '아! 안 되겠구나' 하는 느낌을 받았다. 박사의 눈빛이 심각했기 때문이다. 마린이 실낱같은 희망을 놓아 버리려는데 박사가 천천히 입을 뗐다.

"여러분의 타임 슬립 허가가 방금 떨어졌습니다."

"예?"

"정말요?"

정 선장 부자가 벌떡 일어나 박사 앞으로 닥쳤다.

"마린 대원의 연설이 모두의 마음을 움직인 것 같소."

마리우스 박사가 마린을 건너다보며 빙그레 웃었다.

"물론 결정된 역사를 왜곡하지 않도록 주의를 기울인다는 조건으로 얻은 허락이네."

"당연하죠! 저희도 그 정도 상식은 있다고요."

노을이 걱정하지 말라며 큰소리쳤다.

"노을 군, 자네가 가장 요주의 인물이라는 점 잊지 말게."

마리우스 박사의 짓궂은 농담에 노을은 얼굴이 벌게지고 나머지는 웃음을 터트렸다.

센딩팟에 다시 선 네 식구는 서로의 손을 꼭 잡고 눈을 감았다.

"이번에는 불시착 없이 넷이 모두 한곳으로 가는 거다!"

정대양이 가족을 둘러보며 다짐했다. 식구들이 아빠를 보며 고개를 끄덕이는 순간 팟 소리와 함께 센딩팟이 텅 비었다.

"우르릉 쾅! 슈-우웅! 파바박! 슈-우웅! 쾅광!!"

귀청을 찢는 듯한 굉음이 천지를 진동했다. 광장 한가운데 선 가족은 얼이 나가 멍하니 하늘을 올려다보았다. 남경 시내는 아수라장이었다. 공중 폭격으로 인해 석조 건물들이 박살이 났다. 하늘 위에는 빨간 동그라미를 날개에 그려 넣은 일본군 비행기가 기러기 떼처럼 낮게 날아다니며 폭탄을 떨어트리고 있었다.

"쾅-광! 쾅-광!"

사방에서 터져 나오는 폭발음 때문에 정신이 아득해질 지경이었다.

"여보! 어떡하지?"

고아라가 아들딸을 안으며 비명처럼 외쳤다.

"카이, 지금 우리가 도착한 곳의 시공간 좌표를 읽어 봐."

정대양이 오른쪽 귀에 손을 대고 물었다.

"지구력 1937년 11월 13일 남경 시내입니다."

"여긴 지금 전쟁터인데?"

정대양이 다시 묻자 카이가 대답했다.

"현재 남경 동쪽 문으로 일본군이 진격을 시작했습니다. 다행히 권기옥 비행사 자택이 있는 주택가는 아직 폭격의 범위에 속하지 않은 것 같습니다. 제가 안전한 길을 증강현실 내비게이션으로 안내하겠습니다."

카이의 말이 끝나자마자 네 사람의 눈앞에 VR 시뮬레이션이 떴다. 이 화면은 폭격으로 지옥도를 그리는 시내를 단순화시킨 채 가족이 가야 할 길만 또렷이 표시했다. 가족은 카이가 길잡이를 해주는 대로 달음박질쳤다.

동네에 다다르자 수많은 피난민이 앞다투어 밀려 나오고 있었다. 사색이 되어 뛰쳐나오는 주민들 눈빛이 섬뜩했다. 죽음의 공포에 몰려 살 구멍을 찾아 내닫는 짐승 같았다. 다들 도시를 빠져나가 일본군의 포로가 되는 참사를 피하려는 듯했다. 가족은 마치 큰 파도를 거스르는 조각배처럼 피난민 물결을 거슬러 기옥의 집으로 향했다.

"기옥 양! 집에 있나?"

정대양이 대문으로 들어서며 소리쳤다. 동시에 현관문이 벌컥 열리며 기옥과 상정이 뛰쳐나왔다.

"스승님! 마린 양! 노을 군!"

기옥은 숨도 안 쉬고 가족의 이름을 불렀다. 고아라와 마린, 기옥이 한데 얼싸안고 서로의 얼굴을 쓰다듬었다. 정대양과 상정은 악수로 인사를 나눴다. 정대양과 고아라는 이번에 상정을 처음 보는 셈이었다. 기옥이 상정과 결혼한 때는 항공학교를 졸업한 그 이듬해, 스물여섯이 되는 해였다. 정대양 부부는 마린과 노을의 탐사 결과 보고서와 녹취를 통해 상정의 존재를 알고 있었다. 하지만 그 앞에서는 내색할 수 없었다.

"기옥이 결혼했다는 소식을 멀리서 듣긴 했습니다만."

정대양이 상정의 어깨를 두드리자 기옥이 부부에게 남편을 인사시켰다.

"이 사람한테 말씀 많이 들었습니다."

상정은 아내의 은사님들이라며 허리를 굽혔다.

정대양과 상정은 남경에서 벌어지는 급박한 일에 관해 이야기를 나누기 시작했다. 고아라가 그 틈을 타 기옥에게 속삭였다.

"일본군이 도심으로 진군하고 있어. 여기 이대로 있으면 목숨이 위태로워. 기옥, 우리랑 같이 가자. 애들한테 우리 고향에 한번 가 보고 싶다고 얘기했었다면서."

마린이 맞장구쳤다.

"엄마 아빠가 계신 시공간 좌표를 가르쳐 주신 대가로 프록시마를 방문하기로 했잖아요. 잘되었어요. 전쟁이 터진 줄 모르고 왔지만 두 분을 피신시키는 의미에서라도 타임 슬립 할 명분은 세워지는 셈이니까요."

기옥이 두 사람을 쳐다보며 지그시 웃었다.

"제가 먼저 가겠다고 해 놓고 이렇게 말씀드려 죄송해요. 하지만 전 갈 수 없어요. 내일 조선민족혁명당 동지들과 함께 중국 정부가 주선해 준 목선을 타고 남경을 탈출할 계획이에요. 여러분은 더 위험해지기 전에 고향 별로 돌아가세요. 이렇게 가족이 재회한 모습을 본 것만으로 전 만족합니다."

기옥은 찾아와 주어 감사하다며 고아라와 마린의 팔을 잡았다.

마린이 기옥의 옷소매를 그러쥐었다.

"왜요? 미래 세계에 꼭 가 보고 싶다고 그러셨잖아요. 여기 더 있다간 목숨이 위태로워요."

기옥은 애타는 마린의 눈을 들여다보며 다시 말했다.

"중국 정부의 요청으로 중경(충칭)으로 가야 해요. 거기서 중국에 체류 중인 우리 동포를 돕는 일을 할 거예요."

"중경에서 무슨 일을 하시는데요?"

"중국인들이 조선인을 일본의 앞잡이나 밀정으로 몰아 린치를 가하는 일이 잦아지고 있어요. 기세등등한 일본인은 건드리지 못하고 애꿎은 우리 동포에게 해코지하는 거지요."

마린이 그런 일이 있느냐며 물었다.

"그런데 중국 정부의 요청으로 가신다면서요?"

"우리 한인동포회에서 중국 정부에 정식으로 항의를 했거든요. 재발 방지를 위해 구체적인 방안을 마련하라고요."

상정이 아내의 말을 가로챘다.

"그랬더니 기옥에게 되레 중책을 맡기지 뭡니까? 이 사람이야말로 조선인과 중국인 모두에게 신망받는 유명 인사다. 그러니 조선인과 충돌을 일으키는 중국인을 설득하고 또 피해를 본 조선인들을 보살피는 일에 적임자다. 뭐 대충 그런 논리더군요."

상정에게 기옥은 단순한 집사람이 아닌 듯했다. 그의 표정에는 독립운동을 같이하는 동지이자 존경심을 표할 만한 동반자로서 그녀를 존중하는 마음이 담겨 있었다.

기옥이 마무리를 지었다.

"항공학교 교수직을 요청받기도 했지만, 그것보다 중요한 건 우리 조선인들이 중국 땅에서 좀 더 안전하게 생활할 수 있도록 돕는 일이지 싶어요."

기옥의 뜻은 굳건해 보였다. 마린이 뭐라고 더 설득하려고 하는데 상정이 가로막았다.

"자, 내일 새벽에 우리 부부는 남경을 빠져나갈 겁니다. 여러분도 같이 가시죠."

세 여자는 상정의 말에 서로를 쳐다보며 쓴웃음만 지었다.

밤이 되었다. 기옥의 집에 머무는 그 누구도 쉽게 잠들지 못했다. 시내 쪽에서 기관총 소리와 수류탄 터지는 소리가 멀게, 또 가깝게 들려왔다. 중국군과 일본군의 교전이 치열하게 전개되는 모양이었다. 여자들은 하나밖에 없는 침실에, 남자들은 거실에서 자기로 했지만 각자 뜬 눈으로 날이 새길 기다렸다.

마린이 옆에 누워 뒤척이는 기옥에게 말을 걸었다.

"지금이라도 늦지 않았어요. 이상정 선생님께 말씀드리고 다 같이 우리 별로 가요."

기옥에게서는 아무런 대꾸도 없었다. 그렇게 답답한 고요함이 흐른 뒤 드디어 기옥의 대답 소리가 들렸다.

"마린 양과 노을 군이 시간 여행을 하는 목적이 20세기 한반도 역사를 복원하기 위해서라고 했죠?"

"…예."

"무엇 때문에 100년간의 역사가 통째로 유실되었는지는 모르겠지만 먼 미래에 우리 역사를 잃어버린다니 애석하기 그지없네요."

마린은 자신 역시 그런 안타까움에 원정대 대원이 된 것이라고 대답했다. 가만히 듣고 있던 기옥이 혼잣말처럼 중얼거렸다.

"나중에 기회가 되면 조선 현대사를 집대성하는 책을 만들 거예요. 그래서 치열하게 독립투쟁을 이어 나갔던 조선인들의 자랑스러운 모습을 후대가 꼭 알 수 있도록 해야죠. 역사가 사라진다면 우리가 목숨 바쳐 지켜 낼 나라조차 그 뿌리가 없어지는 것과 마찬가지니까요."

마린은 숙연한 마음에 입을 다물었다. 더 이상 프록시마로 가자고 조를 염치가 없었다. 마린은 생각했다. 도대체 무엇이, 어떤 생각이 이토록 단단하고 명확한 신념을 만들어 내는지 궁금했다.

이튿날, 정대양 가족은 새벽 물안개 속으로 사라지는 목선을 향해 손을 흔들었다. 그 배 안에는 기옥과 상정이 타고 있었다.

기록의 무게

인사동 골목으로 접어드는 종로네거리는 사람과 차, 먼지로 북적거렸다. 3월 초라 그런지 꽃샘바람이 꽤 쌀쌀했다. 갑자기 훅 불어오는 봄바람에 아직 포장되어 있지 않은 길에서 먼지가 자욱하게 일었다. 마린은 매캐한 자동차 매연에 목이 따갑고 눈이 시릴 지경이었다.

"휴, 20세기 후반만 해도 헬조선은 벌써 기후 재앙을 위한 전초기지 노릇을 했구나."

마린이 눈을 비비며 머리를 흔들었다. 지금 마린이 서 있는 시공간 좌표는 1972년 3월 2일 종로 3가 34번지 길이었다.

"마린 아가씨, 저 앞으로 보이는 빌딩 4층 7호실입니다."

카이가 증강현실 내비게이션으로 가리키는 건물은 밤색 타일로 외장을 한 4층짜리 시멘트 건물이었다. 외벽에는 갖가지 간판이 어지러이 나붙어 있었다. 화방, 내과, 안경원, 다방, 대서소, 악기 상점, 서예연구소 등등 업종도 가지각색이었다. 마린은 광고지가 다닥다닥 붙은 계단을 올라갔다.

한낮이었지만 창문이 양 끝에 하나씩밖에 없는 복도는 어둑했다. 그 좁은 통로를 따라 나무 문마다 붙어 있는 호실 번호를 헤아리던 마린이 중얼거렸다.

"7호실이라… 맨 끝 방이겠군."

7이라는 숫자가 붙어 있는 문 앞에서 마린은 심호흡을 했다. 물방울무늬 원피스를 내려다보며 옷매무새를 다듬은 마린이 똑똑 노크를 했다. 모르는 사람이 보면 입사 면접을 보러 온 사람 같았다.

"예, 들어오세요."

안에서 얌전한 할머니 목소리가 들려왔다.

마린은 두근거리는 가슴으로 문고리를 잡았다.

사무실 안은 생각보다 작았다. 방 한가운데 책상 두 개가 머리를 맞대고 있었다. 그 뒤로 1인용 등받이 소파가 놓여 있었다. 낡은 가죽 소파에 앉아 있던 할머니가 자리에서 일어났다.

"어떻게 오셨나요?"

백발이 성성한 할머니는 자그마한 체구에 동그란 안경을 썼다. 차분하고 친절한 미소 속에 오랜 풍파를 견뎌 온 고목의 단단함이 느껴졌다. 마린은 사무실을 두리번거리며 물었다.

"권기옥 비행사님을 찾아왔는데요."

새벽 배를 타는 기옥 부부를 배웅한 네 사람은 조용히 프록시마로 돌아왔다. 마리우스 박사는 노을이 풀어놓는 이야기를 들으며 낮은 한숨을 쉬었다.

"권기옥 비행사가 프록시마를 방문하지 않게 된 일이야 아쉬우면서도 다행한 일이지요."

마리우스 박사는 정대양 가족이 타임 슬립을 한 후에도 두 차례나 긴급회의가 소집되었다고 알려 주었다.

"역사복원위원회에서는 미래로 시간 여행을 하는 과거 지구인을 어떻게 응대해야 할지 큰 고심을 하고 있었어요. 다행한 일이라는 말은 그 뜻이지요. 그런데 다녀온 여러분은 되레 걱정이 커졌겠군요."

마리우스 박사는 역사복원위원회에 정식으로 원정대 탐사 명령을 요청했다.

"권기옥 비행사의 이후 행적에 관해 후속 탐사가 필요합니다."

전후 사정을 전해 들은 위원 중 누구도 반대하는 사람은 없었다. 마린의 네 번째 탐사가 일사천리로 진행되었다. 1937년 남경에서 헤어진 후 정대양 가족은 기옥의 흔적을 찾기 위해 안간힘을 썼다. 마리우스 박사와 함께 중국 20세기 역사 기록을 이 잡듯 뒤진 마린은 권기옥 비행사가 1949년 5월 대만에서 서울로 출발했다는 출국 기록을 찾아냈다. 노을을 비롯한 가족 모두 기옥이 1949년까지 건재했다는 증거에 안심했다. 귀국했다면 조선은 드디어 일본 제국주의 식민지에서 해방되었다는 뜻인가? 마린보다 역사복원위원회가 먼저 궁금해했다.

"권기옥 비행사의 생존이 1949년까지 확인되었으니 다행입니다. 원정대 본부장의 요청대로 그 이후의 행적을 한 번 더 탐사하도록 합시다."

장 위원장의 결정에 따라 수장고에 보관 중이던 기옥의 고글이 다시 나왔다. 시공간 측정기에 놓인 고글에서 생성된 새로운 좌표는 1972년. 모두의 귀추가 주목될 만큼 흥미진진한 연도였다. 마린은 센딩팟에 올라서 기도했다. 부디 1972년의 한반도는 그 어떤 나라의 지배도 받지 않는 주권국가가 되었기를 말이다.

"비행사라는 호칭 오래간만에 들어보네요."

"예?"

구부정하게 굽은 어깨와 흰머리, 두꺼운 검은 뿔테 안경 속에 든 할머니의 얼굴을 한참 뜯어보던 마린이 깜짝 놀랐다.

"호, 혹시?"

언젠가 보았던 당당한 미소가 할머니 얼굴에 떠올랐다.

"난 첫눈에 알아봤는데?"

그렇다. 1972년이면 권기옥이 칠순이 넘은 때다. 왜 나는 그걸 생각하지 못했지, 하며 마린이 자책하는 사이에 기옥이 자리를 권했다.

"언젠가 한번은 다시 찾아올 줄 알고 있었다오."

기옥은 마린을 소파에 앉히고 책장으로 갔다. 그녀는 곧 두툼한 책 몇 권을 꺼내 마린 앞에 놓았다.

"자, 내가 전에 말한 책이에요."

한 손으로 들기에도 벅찰 만큼 커다랗고 두꺼운 책 위에 한자로 '韓國年鑑(한국연감)'이라고 쓰여 있었다.

"1957년부터 올해까지 발행한 연감이 다 해서 열여섯 권이에요."

기옥은 책장에 햇수대로 가지런히 꽂혀 있는 나머지 책들을 가리키며 말을 이었다.

"현대사 100년의 세월에 비하면 턱없이 모자란 햇수지만 적어도 이 열여섯 해에 대한민국에서 있었던 주요한 기록은 여기 다 수록되어 있다오."

기옥은 더 이상 나이가 들어 연감 제작 사업을 계속하기 어렵다고 덧붙였다.

"그래서 올해를 마지막으로 발간 사업을 매듭짓고 은퇴할 작정이었어요. 그러면서 이제나저제나 당신들을 기다렸죠. 언젠가는 이 책들을 가지러 꼭 다시 올 거라고. 그런데 마치 알고 온 것처럼 찾아왔구려. 내 믿음이 틀리지 않았어."

기옥은 고맙다며 마린의 손을 잡았다. 그녀는 해방된 대한민국에서 최초의 여성 출판인이 되어 있었다. 마린이 연감이 가득 든 상자를 건네받으며 말했다.

"비행사님은 항상 최초라는 타이틀을 다시네요."

하얀 머리의 기옥이 싱긋 웃으며 물었다.

"우리 스승님 두 분과 남동생도 잘 지내지요?"

기옥은 정대양 부부가 문득문득 그리웠다고 했다.

"부모님은 다시 1923년 만주로 가셨어요. 의열단에 정식으로 입단해서 활동하실 계획이에요. 물론 헬조선 원정대 본부와 연락이 끊기는 일은 절대 없고요. 노을이는 졸업반이라 시험 준비 중이에요. 그래서 저와 함께 오지 못했어요. 게으름을 피우다 막판에 벼락치기 하느라 꼴이 말이 아니에요."

"그렇군요. 아득한 미래에도 여전히 학생들은 시험에 시달리는군요."

기옥이 재밌다며 웃었다. 그러다 문득 중얼거렸다.

"나도 당신들처럼 가고 싶은 시간과 장소로 자유롭게 이동할 수 있다면 얼마나 좋겠소."

"어디로 가고 싶으신데요?"

"다시 1919년 3월 1일로 되돌아가고 싶다오. 열아홉 살 소녀로 독립운동에 또 한번 뛰어들고 싶어요."

마린은 그 혹독한 시절로 돌아가고 싶다니 믿을 수 없다고 했다. 기옥이 머리를 흔들었다.

"나는 겁나지 않아요. 이제는 어떻게 해야 하는지 다 알고 있으니까. 다시 젊은 그 시절로 돌아가 전투 비행기를 몰았으면 소원이 없겠어요. 드넓은 창공에서 일본군과 제대로 한 판 붙어 보고 싶은 마음이 아직도 굴뚝같소."

마린은 기옥의 얼굴이 한순간 할머니에서 열아홉 살 소녀로 변하는 걸 보았다. 물론 마린의 착각이었다. 감추어 두었던 열망을 드러내는 기옥의 얼굴에 생생한 젊은 기운이 흐른 것이다.

"아 참! 잊을 뻔했네."

마린이 품 안에서 물건 하나를 꺼내 응접탁자 위에 올려놓았다.

마린의 손길을 따라 쳐다보던 기옥이 화들짝 놀랐다.

"아! 이건!"

기옥은 얼른 낯익은 물건을 집어 들었다. 그녀가 한창 비행사로 창공을 누빌 때 쓰던 고글이었다.

"고글은 내가 노을 군에게 선물로 준 것인데요?"

기옥은 왜 다시 가져왔느냐고 물었다.

마린이 대답했다.

"비행사님을 다시 찾아오는 데 필요한 물건이었어요. 이렇게 다시 만나 뵙게 되었으니 돌려드려야죠. 우리 프록시마 박물관의 소장품으로도 가치가 높겠지만 그보다도 선생님의 추억이 담긴 애장품이잖아요."

기옥이 고글을 어루만지며 말했다.

"그렇담 고맙게 돌려받으리다."

마린이 연감이 든 상자를 가리켰다.

"프록시마 역사복원위원회를 대표해서 저 역시 감사드립니다. 귀중한 사료를 선물해 주셨어요."

"쓸모가 있다고 하니 발행인으로서 그보다 기쁜 인사가 없구려."

기옥이 만족한 웃음으로 화답했다.

"저는 그럼 이만…."

마린이 작별 인사를 하며 일어서는데 기옥이 물었다.

"혹시 이 고글을 이용하면 나도 1920년대로 시간 여행을 할 수 있겠소?"

마린이 당황해 멈추어 섰다.

"저, 저 그건…."

마린이 말을 더듬으며 안절부절못하자 기옥이 깔깔 웃었다.

"하하, 농담이에요, 농담. 나도 그런 일은 불가능하다는 것쯤은 알고 있다오. 그저 가슴속 깊이 숨겨 둔 소망이 그렇다는 것뿐이지. 어쨌든 마음만은 고스란히 스물다섯 살 항공학교 학생이니까."

마린이 안도의 한숨을 내쉬었다.

"아유, 정말 그 기백 하나는 따라올 사람이 없는 것 같아요."

마린이 이마를 훔치며 빙긋 웃자 기옥도 소리 없이 따라 웃었다. 그 웃음은 쨀방에서 보았던 자신만만하고 솔직담백한 젊은 기옥의 그것 그대로였다.

작가의 말

....

　4년이 넘는 기간 동안 진행한 시리즈의 마지막 책이 출간을 앞두고 있다.

　'헬조선 원정대' 첫 번째 편은 우리나라 최초 고공농성 기록을 가진 강주룡을, 두 번째 편은 의열단의 유일한 여성 단원인 현계옥을 주인공으로 했다. 그리고 마지막 편을 권기옥을 소개하는 자리로 삼았다.

　권기옥은 우리나라 최초 여성 비행사다. 그녀의 삶은 오직 제국주의 식민지 체제에 놓여 있는 조국을 구하고자 동분서주한 행적이 전부다. 연보만 훑어보아도 그녀의 삶은 도전과 극복이라는 드라마로 점철된 열정의 기록이다. 나처럼 평범하기 이를 데 없는 소시민은 감히 흉내도 못 낼 업적이지만 그녀의 발자취를 가만히 들여다보고 있자면 오늘 내가 놓인 자리, 내가 묶여 있는 처지를 헤치고 나갈 힘을 얻는다. 왜냐고? 권기옥도 처음부터 위인이나 영웅은 아니었기 때문이다. 스스로 삶을 만들어 나가고 완성해 나간 의지 굳은 한 사람이었다.

작가로서 '헬조선 원정대'의 마지막 이야기에 권기옥 비행사를 초대해 무한한 기쁨을 누렸다. 스스로 실력을 기르고 누구에게도 기대지 않은 채 자신이 목표한 일을 향해 뚜벅뚜벅 걸어가는 모습은 성별을 떠나 모든 독자에게 본보기가 될 터다.

요즘 뉴스에서 매일같이 코로나 대유행이 정점을 지나고 있으며 차츰 일상으로 복귀하게 될 거라는 기사가 나온다. 코로나19는 유행성 감기 혹은 독감처럼 인간과 공생해 갈 거라는 전망이다. 2년을 넘게 끌어온 팬데믹으로 우리는 급격한 변화를 감내해야 했다. 그 과정에서 삶은 더 팍팍해지고 힘겨워졌다.

처음 이 책을 기획할 때가 기억난다. '헬조선'이란 단어가 한창 유행할 즈음이었다. 시리즈를 모두 출간한 몇 년 후에도 '헬조선'이란 단어가 지금처럼 자주 들릴까? 아니면 '헬조선'이란 말이 철 지난 유행어로 구닥다리 취급을 받게 될까? 궁금해하던 일 말이다. 유감스럽게도 아직 그 단어는 펄펄 살아서 세상을 돌아다니는 눈치다. 진정한 남녀 차별과 인종 차별이 횡행하던 시절, 그래서 진정한 헬조선 시대라고 해도 과하지 않을 일제강점기, 그 한복판을 꿋꿋이 살아 낸 세 사람을 시간 여행을 통해 다시 불러냈다. 그리하여 오늘의 '헬조선'을 살아가는 우리 모두에게 응원의 한 말

선전비행을 준비 중인
권기옥(사진 왼쪽에서 두 번째)과
동료들

사진 왼쪽부터 이상화, 권기옥, 이상정

씀을 부탁드리고 싶었다.

　마지막으로 시리즈 세 권을 무사히 출간할 수 있도록 도와주신 분들께 감사의 인사를 전한다. 긴 여정을 마치며 되돌아보니 책을 낸다는 것은 주변의 관심과 도움이 없다면 절대 불가능한 일이라는 걸 다시 한번 깨닫게 된다. 부디 '헬조선 원정대' 세 권의 책이 독자 제위께 재미와 감동을 선사하길 기대해 본다.

봄을 부르는 비가 언 땅을 적시는 어느 오후

김소연

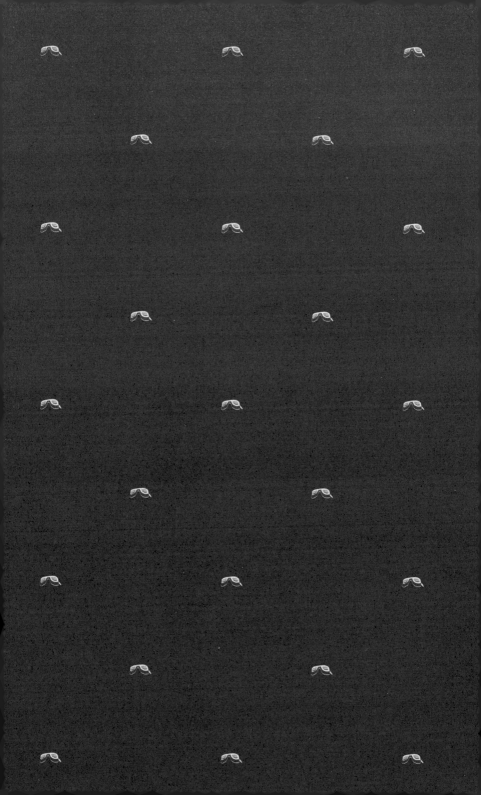

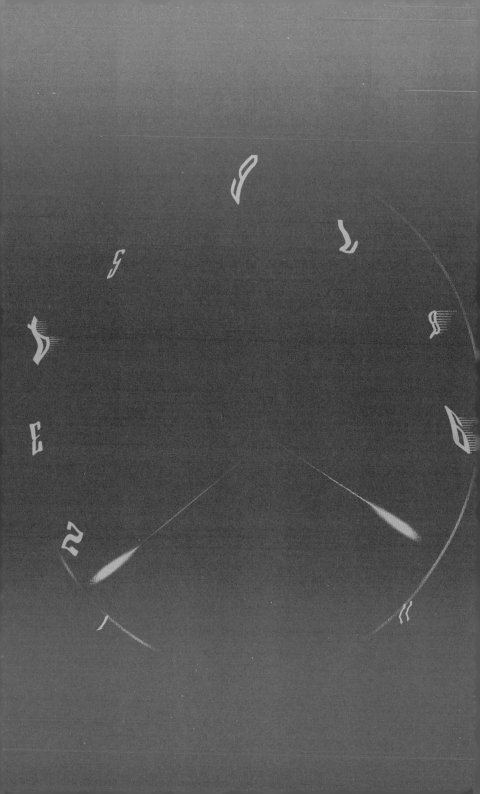